叉仔

与深圳 一起成长

张黎明 著

SPM
南方出版传媒
广东人民出版社
· 广州 ·

图书在版编目（CIP）数据

叉仔：与深圳一起成长 / 张黎明著 . —广州：广东人民出版社，2020.6

（与你的城同在）

ISBN 978-7-218-14250-0

Ⅰ．①叉… Ⅱ．①张… Ⅲ．①纪实小说—中国—当代 Ⅳ．①I247.5

中国版本图书馆CIP数据核字（2020）第066648号

CHAZAI: YU SHENZHEN YIQI CHENGZHANG

叉 仔： 与 深 圳 一 起 成 长

张黎明 著

出 版 人：肖风华

选题策划：钟 菱
责任编辑：王 鹏
责任技编：吴彦斌
封面设计：李卓琪
封面摄影：郑丽萍

出版发行：广东人民出版社
地　　址：广州市海珠区新港西路204号2号楼（邮政编码：510300）
电　　话：（020）85716809（总编室）
传　　真：（020）85716872
网　　址：http://www.gdpph.com
印　　刷：广东鹏腾宇文化创新有限公司
开　　本：889mm×1194mm　1/32
印　　张：8.5　　　字　　数：110千
版　　次：2020年6月第1版
印　　次：2020年6月第1次印刷
定　　价：58.00元

如发现印装质量问题，影响阅读，请与出版社（020-85716849）联系调换。
售书热线：（020）85716826

谨以此书献给深圳经济特区成立40周年！

作者简介

　　张黎明，深圳本土作家，国家一级作家，中国作家协会会员。多年来致力于挖掘和记录本土故事，注重历史资料的收集和采访，其作品以厚重的历史、朴实而耐人寻味的文字、感人的情怀吸引着广大读者。出版著作21部，代表作有《解码边纵——粤赣湘边纵队口述史》《大转折：深圳1949》《血脉中华：罗氏人家抗日纪实》等。其中《血脉中华：罗氏人家抗日纪实》荣获2017年广东省有为文学奖第二届"有为杯"金奖。

目录
C ONTENTS

第一章

白兰树四方井《网中人》

一、街坊

公元1979年的暑假。

台风要来了，天气闷热难耐，叉仔坐在天台的阴凉处，跷起大脚指头逗猫玩，读高中的家姐凤娇在一边做暑期作业，几分钟后就出事了。

叉仔巷藏在迷宫似的深圳圩，十字街前后的巷子好像树丫杈一样多，不过叉仔巷怕是最短最窄最靠近那片低洼水田的，活像树丫丫的最后一截。叉仔巷叫了一个又一个年头，也无人去问为什么。很多年后，叉仔才想起问问六叔公。只是，叉仔巷早已物非人非。

南北走向的巷子宽三四米，长也就三四十米，叉仔家住北边巷头，邻屋住了湖南猪仓①的阿黄一家，斜对面是同太公的六叔公一家。

六叔公的邻居也是侨屋，主人早年去了马来西亚，几十年都没有回来，屋子的二楼塌了，幸好政府修缮后交由房产管理所管理，成了租给无房户的公家房。十字街布店

---

① 湖南猪仓，即"湖南省进出口驻深圳办事处"，当年湖南出口香港农产品，湖南养的活猪用火车（猪卡）运来深圳的湖南猪仓，等待检疫。

吴嫂一家租住了两个厢房，另外的大厅间隔出几个小房，住了四眼仔等几个招工回深圳的知识青年。

七年前，叉仔生在叉仔巷。离预产期还有20天，阿妈想着快生了，赶紧备好烧火的柴草，拿了柴刀又砍又剁，见红了也不知道；捆柴的时候还用力跺脚，一激灵就破了羊水。她以为像生大女儿那样早着呢，肚腹阵痛，还笃定地吃炖蛋补力气，然后收拾婴儿衣服和尿布，让人捎话给男人。待男人推着印刷厂的永久牌单车赶回来，她已经满身冒汗下腹坠痛，坐不上车尾架了。男人半拉半扛，刚刚到巷口，颠跑了几步的男人被她揪扯住肩背，接着听到女人撕心裂肺地大叫，惊吓得男人蹲下来抱着女人，以为女人要死了。

女人已经没有了轻重感，身子飘在水上或云上那样，被看不见的秤砣拽着，紧沉得吭不出气了；哇啦一松，咕噜一泻，孩子自个儿闯出半只脑壳了。

什么时分了？浑身冒冷汗的男人还呆呆傻傻：快，去医院。

生在叉仔巷，人人都叫他"叉仔"了。

过了9月就要上小学，阿妈说第一天老师会点名，一听何昌生就站起来说到。懵懵懂懂的他问阿妈：谁叫何昌生？阿妈掐着他的两只耳朵说：记住，你叫何昌生。

叉仔：我叫叉仔。

阿妈：你叫何昌生！

"何昌生""叉仔"就这样颠来倒去，叉仔终于明白了，一上学自己就变成了"何昌生"。

小巷一色灰墙灰瓦，矮房或两层小楼相对，竹竿横过天台或阳台。巷子上空，密密匝匝的竹竿从这头搭到那头，晾满衣服的缝隙不时闪烁丝丝调皮的阳光，证明上面是天空。

事情就出在一根叉仔手臂粗的竹竿上。

叉仔的脚指头模仿了老鼠左移右移，不时挑逗猫鼻子。叉仔给这只全身黄色老虎斑纹的猫起了个威猛的名字——虎仔，它一点也不蠢，收起利爪的肉垫一下下拨弄这"伪劣货"。挺无趣的它突然定住了，伸出天台的竹竿上有对麻雀夫妇，猫来了虎劲，拱背收臀贴着矮墙，轻挪又轻挪猛一飞扑，"喳"几根雀毛飞起，麻雀没了。扑出去的猫好像走钢丝的小丑，那些缩藏在脚指头的三角形尖爪"嗖嗖"出鞘，噼里啪啦在竹竿的棉被上抓个不停。这刹那，叉仔想也没想，扑出大半个身子去捞猫，竹竿断裂，连猫带他和一竹竿棉被，从天台落到巷子的麻石板路上……

四仰八叉、两眼翻白的他迷迷糊糊，头上乱窜着黑灰的影，一群鸟在飞？那不是鸟，是一圈人。

小巷人家除了不能动和上班的，阿妈、家姐、四眼仔、阿黄嫂等三姑六婆围成一圈，喊着叫着，阿妈一指头摁住他的人中。

他傻眯眯地大睁着眼睛。

家姐抱着他哭：叉仔……

叉仔清醒了，张嘴要说什么却吐出一口血。

阿妈急急抹了一把他的嘴巴，摊开巴掌有一颗血糊糊的门牙。

叉仔看到那颗牙，眼睛眨巴了几下，"牙"字没出口就想坐起来，脚上一阵剧痛令他嗷嗷大叫。

"叉仔！"一溜人又叫了，不知道孩子伤在哪儿，伤得有多重。

"快，快点去医院……"

他从天台坠落麻石板路怕就一秒时间，来不及慌。

看到一圈脑袋、一颗自己的血牙，还有听到刺痛耳朵的声音时，叉仔慌了。四眼仔王大明弄来一驾大板车，人们七手八脚扯下竹竿上不幸遭殃的棉被卷起叉仔搬上大板车，去医院！

叉仔晃动的手不晃了，木偶一样僵持在半空：我有冇（没有）死？

阿妈搂住叉仔，满脸泪却挤出一点笑：冇死！

叉仔：虎仔呢？

"你管条衰猫？"

"猫有九条命，冇（不）会死。"

"呢条猫神憎鬼厌……"

"癫猫……害你跌落街！"

大人们咒骂不知生死的猫，叉仔愣看着脑门上那些动个不停的嘴，喉咙里囵囵的一堆棉花突然冲了出来：衰麻雀仔，虎仔捉过9只老鼠，治鼠猫……

前不久，他看见大叔公金山伯在白兰树下闲聊，聊着聊着突然捂了胸倒下，也是这板车送去医院，到了医院大叔公也没有救活。他不要去医院，两条手臂胡乱地晃了晃，还张开口，一团团话委屈在心里，想喊阿妈想说好痛想叫不去医院不要打针吃药。

大板车的嘎吱嘎吱不管不顾往前，叉仔闭眼不看这些讨厌的大人，眼泪鼻涕趁机逃出来，刚刚缺失了门牙的嘴巴也炸开了，样子丑丑的他和自己难听的呜咽一起去了医院……

从医院回来，躺在车上的叉仔疲累地闭了眼，那只胖大的打了夹板和绷带的右脚隐隐作痛，大板车的轱辘吱呀吱呀啃着巷子的麻石板，车一颠一颠的。每一颠，叉仔的鼻头就一抽，一抽又一抽，鼻涕不尽路也很长。

四眼仔拉着大板车和几个街坊有说有笑，说那么高跌下来，只是右脚骨裂和几处碰擦，真好运。

凤娇跟在车边心痛地问弟弟：好痛？

四眼仔扶了扶眼镜回头看了一眼凤娇：肯定痛！3米高跌落来，再高一点怕命仔都冇……

叉仔妈立即呸出一声：大吉利是！叉仔福大命大！

四眼仔立即改口：大难不死必有后福。

一群人的木屐"嘚嘚嘚"敲着板石，这样穿街过巷的木屐声本来从早到晚响个不停，小巷之音延续了不知道多少个花开花落。叉仔没有烦恼过，这时候却让他一次次要张嘴大哭，他忍了，鼻子不时一缩把两行快流到上唇的鼻涕赶回家。

叉仔妈看着儿子，捏住儿子唇上的两管鼻涕一甩，再往衣襟抹抹：唉！

……

在印刷厂工作的阿爸三脚并作两脚赶到家，一进门就走到叉仔睡下铺家姐凤娇睡上铺的碌架床（双层床）前，拿着刚脱下的工作手袖边甩床梯边骂：衰仔！

家姐坐在叉仔床边，摇着一把葵扇为弟弟扇凉，听到这话抬起头：叉仔想救（那）条猫仔……

阿爸：傻仔！救救救……脚断了！

叉仔倔强地扭过脸：冇断，裂了！

阿爸语气缓和多了：傻仔，猫仔精过你，冇会跌落街，猫呢？

家姐摇摇头。

叉仔：六叔公讲猫1岁等于人15岁，10个月大的猫爪仔好细好细，我睇（看）见会跌落去……

阿妈：阿妈过桥多过你行路，食盐多过你食饭，猫轻过你，你扑过去，好啦，竹仔一断一齐跌落街……

阿爸：衰猫！劏（宰）！

叉仔愣愣看着碌架床的顶部，阿爸那个"劏"字弄得他心慌慌，整个胸膛好像架在浪船上荡得空空的。

阿妈的眼光尖刀子一样戳了阿爸一眼：脚断了，买条生鱼煲汤，好得快……有返学啦。

阿爸鼻子一哼：上！背他返学。

阿妈：我们菜市场天蒙蒙亮就要上班，凤娇的中学太远，你背叉仔返学？

阿爸锁起眉头不吱声了，印刷厂8点30分上班，自己的制版组，刚刚有个同事"督卒"（偷渡），人手一少，自己要提前去看版……

不过，他很快松开了眉头：车到山前必有路，煮饭，吃饱了再算。

洗菜洗米烧柴火，该干吗干吗去了……

屋里只剩下叉仔自己，歇不住的他闭上眼睛，很静很静就听到了"扑扑"的声音，听了又听，自己的心在跳还跳得很高兴。他不禁笑了，从天台掉下来以后的第一次笑。

叉仔笑罢就睁开眼睛四处看，轻轻"喵喵"了几声，没见猫应答，他小心翼翼移到床边扫视屋子的旮旯，又"喵喵"了几声。往日虎仔会就着床脚来个软趴趴的四脚朝天，翻出灰黄的肚皮，他多么希望虎仔会跑出来，然后把猫藏起来不让阿爸看见，藏到哪里呢……

太阳慢慢下山，天空黯淡得有点儿奇怪，没有云也没有风，剩了一抹辣椒干似的暗红，叉仔巷人气最旺最得闲的傍晚终于来了。因为闷热当头，白兰树下的人特别多，连很少出屋的老人也搬着竹靠椅来了。

开初，小巷没有白兰树，只有5户人家，最低洼的南端巷尾是一户盐商，生意越做越大，抗战前全家迁到港岛去了，剩下老人看屋。日本人来的1938年，屋子被飞机炸塌了，老人哭得几乎绝了气，没多久因给日本皇军敬礼的动作慢了点，给打趴了，几天后就死了。塌了的房子渐渐被白蚁蛀废了，仅剩下后花园的一口方形水井。叉仔祖父就在围墙边种了两棵白兰树，坍塌旧屋的两条方石柱正好横在两边当了石条凳，成了街坊乘凉的去处。天长日久，那石条凳越坐越光滑，白兰树也越长越高，花开时节，一巷都是白兰花淡淡的幽香。

白兰树下，叉仔爸和街坊们大都白背心灰短裤，腰间插了把大葵扇，端了饭碗各自坐在长条石凳上，一群细路仔（小孩）捧了饭碗边吃边玩。

那只惹祸的猫出现了，若无其事地在长条石凳的角上蹭，叉仔爸想踢它一脚，脚刚抬起，它嗖的一口叼了谁丢的一截咸鱼骨，倏然而去。

阿黄嫂和阿黄手里并没有饭碗，他们最早来也最晚走。阿黄嫂削篾阿黄编织，配合极好的夫妻俩编出一个可以卖五分钱的簸箕才回家做晚饭，天天如此……

阿黄个子小嘴巴却很大，整个脸几乎让一张嘴巴霸占了。六叔公一来，他就很憨厚地裂开口，问吃了饭没有，然后一声不吭了。阿黄嫂可是一张玲珑小嘴，不过这是一张能量很大的嘴，她一开口说话，你就明白自己只能老老实实当一个听众。她有这么多鸡毛蒜皮的消息，文锦渡今天打界（香港遣返偷渡者）了三车偷渡客，猪仓的傻猪肉卖贵了两分钱，百货公司有一批出口转内销的毛巾，海关说要处理一批走私的风扇……

说着说起男人嘴大吃四方，她斜了自己男人一眼，叹了口气：吃四方吃四方，吃得多屙得多才真！大家不约而同扑哧笑了。

阿黄好像聋子一样不吭不气，接过老婆及时递过来的竹篾。

卖布的吴嫂也搬了张小凳子坐在叉仔爸身边，凑过去悄声说最近有不少布头布尾，有多出半尺的，让叉仔爸告诉叉仔妈。吴嫂的男人工伤在床上躺了半年多，十天半个月叉仔爸给他剃一次头，吴嫂感激不尽。这年头买布凭布票，布店里常有布头布尾不算布票，多出的部分有时候能做一件小背心，很合算。她知恩图报，第一个给叉仔妈通风报信。

不远处的四方井边，弥漫着白兰花和香皂混合的奇香，四眼仔他们四五个知青带了水桶，身上只有一条裤衩，他们打起一桶桶清凉的井水稀里哗啦往身上倒，泻落了一片片湿润和清爽。最让小巷人家眼红的是他们脚上软绵绵的拖鞋，这些广州拖鞋比木屐轻便和软绵多了，走起路没有声响。

他们冲罢凉换了干净衣服来到白兰树下，白兰树上那只深圳有线广播站的小喇叭，刚刚开始转播中央人民广播电台的新闻。

半小时新闻后，白兰树下的街坊们又说起深圳已经获批准成立市的消息，这些日子广州、佛山、惠阳的干部来了一批又一批，新园招待所"爆棚"（住满）了。

人们摇着手里的大葵扇，说话间自然生出许多盼望和疑惑：成立市？也变成省城广州那样的市？宝安县委的牌子变深圳市委，叉仔巷也算作市中心？深圳市属惠阳和省双重领导？工资除了边防补贴还会加多少？

街坊们还提起"大条火柴"（大干部）六叔公的弟弟七叔公从省城调回深圳几个月了，住在新园招待所，招待所离叉仔巷不就10分钟路程？"大条火柴"就是"大条火柴"，自己祖屋都不回来看看？

六叔公叹气，好一会儿才说七叔公忙，带了很多工程师搞设计测量，哥俩只在招待所见了一次面。

六叔公特别提醒台风预报，香港已经挂了1号风球，预计有十二级……

说着说着，说到了叉仔从天台跌落麻石板路，大家都摇头笑，一只猫仔和一个傻仔。暑假完了就要上学，怎么办？几个街坊说可以顺路背他上学，六叔公摆摆手说学校不远，他用单车载叉仔上学……

　　叉仔爸悬着的心总算落地，有六叔公在什么都"定过抬油"（好像抬着油缸那样淡定）。

二、台风

六叔公的祖屋建在叉仔巷最高处，上下两层几个大厢房，第三层还有个小半层的大天台。

祖屋前门开在小横街，也就是圩镇最大的凉茶铺。凉茶铺柜面摆了六七个大茶煲和一溜盖了四方形小玻璃的碗，一般的菊花茶、王老吉也就一两分钱一碗。凉茶铺的招牌是灵芝蜜糖茶，这茶一天炖煮不到20碗，常常都是老熟客要了去，没摆在柜面卖，就一个招牌而已。凉茶铺二楼是六叔公自家大厅，有个雕龙刻凤凸出的小阳台，大叔公活着时，阳台挂了张从南洋带回来的吊床……

祖屋后门开在叉仔巷，前铺面后住家。傍晚时分关上前门，六叔公最喜欢到白兰树下闲聊。

这天要刮台风，风夹带了石子大的雨"沙沙沙"撒在瓦面，撒一把就几秒钟，也把白兰树下的人吓散了。不过没多久，四眼仔他们又搬出床板横放在井头，几粒石子雨算什么。台风年年都有，每次台风即将到来都很凉爽，来了再说，井头比屋子凉快多了，自然风比大葵扇的风大好几倍，他们露天睡已经好几天了。

印刷厂位于凹地，每逢台风必定浸水，叉仔爸立即返回印刷厂把制版组的相机等贵重物品搬到楼阁。叉仔妈想叉仔爸留在家，叉仔爸说印刷厂是公家的，不能不去，家里有事就找六叔公。

往日这时候，叉仔会帮六叔公关门收档，再去白兰树下"打玻珠（玻璃球）""赢烟仔纸（烟盒纸叠成的三角）"，或者跑去巷口南边的湖塘摸螺……如今只能看着床顶胡思乱想，如果自己是一只猫多好，跳到六叔公的凉茶铺饮杯甜凉茶，再跳上二楼书架看上面的书。想着想着，自家天井传来了六叔公的大嗓门。

六叔公故意像顽皮小孩那样探头探脑走到床前，慢吞吞抬高一只脚，脚上是一双簇新的软绵绵走起路来无声无息的人字拖鞋。

叉仔"哇！"一声，张开的嘴都忘记合上……

六叔公笑眯眯说这是七叔公从省城带回来的。

六叔公身上有股干干净净冲完凉的洗衣皂香味，他说过买一块香皂等于买几块扇牌洗衣皂。洗衣皂比香皂还香，真的香，叉仔的鼻子痒痒差点打了个"乞嗤"（喷嚏）。

六叔公的棉纱薄背心掖进"大烟囱"（宽阔的短裤）里，闷热极了，他抖抖背心前胸布片，上头大大小小有10个破洞，手指不小心勾住个指甲大的，笑了：真真"的确凉"（谐音"的确良"，一种夏天的布料），呵呵！

他故意眯起一只眼，拍拍腰背处，上头插着一个鼓鼓的纸包。

叉仔眼光定定地看着那个纸包，好吃的？花生糖？云片糕？猪油膏？

六叔公猜透了叉仔的小心思，不紧不慢坐在床边，拿出夹在耳背的一颗椰子糖，剥了糖纸，放进叉仔急迫张开的嘴巴。

椰子糖真甜，六叔公真好。

六叔公是派出所指定的治保委员，还是叉仔巷的居民小组长，更是深圳圩有名的"百晓"，懂天文地理预知打风落雨，什么伤风感冒、脚痛、头痛、喉咙痛，他都有包医百病的民间土方。

他掏出土黄色的纸包，眯了眯一只眼，那是要叉仔猜。

叉仔一眼看到纸包露出小半截人字拖，咧嘴一笑。他记起自己缺了的门牙，怕漏出椰子糖，连忙捂着半边嘴。

阿黄的儿子大番薯，他舅舅也从香港给他带了一双小拖鞋，叉仔用了10个烟仔纸角和半块猪油膏作交换，大番薯才肯让他穿着在白兰树下走一圈。

他恨不得穿着拖鞋在小巷走一圈，心里和大番薯较起劲了：你有我也有。

他心里正得意，不料手臂一凉，六叔公倾倒少许"冯了胜"药酒搓着抹着自己淤红色的手臂。

六叔公"讲古"（讲故事）了，边搓边说，说的还是叉仔巷的老旧事，在凉茶铺在白兰树下说过无数遍了，六叔公好像吃饭睡觉一样说了又说……

叉仔：六叔公，记得啦……我们同一太公，我阿爷叫何炳照，我们这房三代单传。六叔公你叫何炳球，你们这房兄弟姐妹七个，你大妈生大叔公一男四女，你细妈生你和七叔公，你阿爸过南洋赚钱，建了叉仔巷这座古老祖屋和凉茶铺、杂货铺。

叉仔的记忆力惊人，六叔公先是很开心转而又摇头：1938年日本人登陆大亚湾，杂货店被炸平了，大叔公同我们逃到香港，第二年我阿爸在南洋过身（去世），大叔公出洋打理留下的橡胶园，我的三个阿姐也嫁到南洋了，然后……记得吗？

叉仔闭上眼睛好像背书那样拖长声音说：1941年年底日本仔打香港，你和七叔公的细妈在港岛被炮打死了，七叔公跟抗日游击队走了，你和大妈带着大家逃回深圳，你打理凉茶铺……

叉仔说着说着声音变得很小，最后没了。

六叔公却好像一部停不下来的留声机，嘎吱嘎吱一直说：有天夜晚冇星星，墨一样黑，我一听脚步声就知道是你七叔公，开门一看好开心。大妈和细妹也跑出来抱住他流眼泪，大妈去煮番薯，他说多煮一点，一帮兄弟几天冇吃饭。我们两兄弟一直聊，天冇光他就挑了一担尿桶，底下番薯上面盖着火灰，要走了，大妈哭着塞给他一只金戒指。我们的凉茶铺就成了游击队秘密联络站，我和大妈都为游击队看过风，细妹送情报被伪军捉去枪毙了，游击队请人落葬的。所以我们祖屋门上挂了军属和烈属两块牌，"文化大革命"都冇人敢动……

一屋子飘着药酒味，因为喜欢这味儿，叉仔偷喝过一口药酒，麻嘴麻舌头说不出酸苦辣就吐掉了，如今被这味熏迷糊去了……

六叔公：大妈过身时，你大叔公独自返来了……

似梦似醉，叉仔突然打开眼睛：我记得金山伯大叔公和番鬼大叔婆……

20世纪60年代，金山伯和番鬼婆落叶归根，小巷人家都叫他们金山伯和金山婆。他们住在叉仔巷老屋，天天去新建成的新安酒家叹茶（饮茶），有时坐在六叔公的凉茶铺闲聊，傍晚时分搬出竹制的"懒佬椅"一摇一摇……

六叔公搓着药酒：记得大叔公带"细蚊仔"（小孩）去"行街""饮茶"？

叉仔点头，告诉六叔公自己梦见过大叔公了，白头发白眉毛，胡须也是白的。奇怪的梦，明明去新安酒家饮茶，去戏院看杂技，却爬上二楼阳台大叔公的吊床眯上眼睛，梦中又有一个梦，大叔公把自己抱到床上，塞给自己一颗糖……

叉仔：你梦见过大叔公吗？

六叔公笑眯眯地拿着"冯了胜"药酒的盖子：做梦

好，细路仔都做梦，我冇梦了。

叉仔呵呵笑：我做过好多梦，我借一个梦给你……

房门突然被打开了，叉仔爸一声急吼：印刷厂已经浸到脚眼了，戏院前面的"龙须沟"也涨满了！

叉仔妈也慌张跑进屋里：冇落雨？台风冇登陆吧？

六叔公：龙舟水加上涨潮就麻烦了……

六叔公稳稳地盖上"冯了胜"的盖子，不紧不慢地说：不怕一万只怕万一，叫街坊过凉茶铺二楼躲避……

每当水浸街，叉仔巷六叔公的家就成了大家的"家"。不过很多年都没有发生这样的事情，叉仔还没有出生的1964年有过一次。

阿爸、阿妈和家姐去通知街坊们，六叔公背着叉仔上凉茶铺二楼。

叉仔在六叔公背上扭了扭，想起了新拖鞋，六叔公说带上了，他又伸长脖子左右看：虎仔呢？

六叔公抄在背后兜底的手拍拍叉仔：虎仔冇事。

叉仔伏在六叔公的背上悄悄说：饿了……

六叔公：我喂了。

叉仔的声音突然带着哭腔：阿爸讲，要劏虎仔！

六叔公笑出了声音。

叉仔：唔好（不要）劏虎仔。

六叔公：好！

六叔公把叉仔放到二楼大厅的地铺草席上，叉仔喃喃地说了句什么，六叔公听不清，叉仔又说了一遍：你做我阿爸就好啦！

六叔公哈哈大笑：傻仔！

阿黄夫妇带着儿子大番薯来了。

吴嫂一手抱着小的，一手牵着大儿子豆豉也来了。

大番薯和豆豉都抱着一捆草席，二楼大厅一地凉席，一家挨着一家。

脸色有点气恼的阿爸"嗫嗫嗫"上楼了：四眼仔讲半滴雨都冇，冇肯来。

阿黄摇头：不听老人言，吃亏在眼前。

六叔公笑笑摆手：留门。

大人们一副很担忧的样子，孩子们却很高兴，几家孩子睡在一起，哪还想睡觉？

叉仔不再迷糊了，一抬脚想把新拖鞋套在脚上，才记起脚穿着"肥靴"，只好把鞋抱在怀里。

阿黄嫂的儿子大番薯更是"人来疯"，舞狮子一样，脑壳套了件衣服又拱又跳。吴嫂的儿子豆豉也跟着跳……

阿黄嫂吆喝：瞓觉（睡觉）！

大番薯扭扭屁股，一副听不见的模样。

阿黄嫂挥舞着大葵扇说为什么闪电打雷，雷公有几十只眼，额头中间的眼最毒最厉害，看到冇瞓觉（没睡觉）的细蚊仔就发火闪电打雷！

话音刚落，她反转大葵扇，葵扇柄"啪啪"落在大番薯的屁股上。

大番薯一瞪眼珠子，扭了两下屁股：一点都冇痛。

阿黄嫂气哼哼：激死人，生块烧肉都好过生你！

大番薯鼻子一皱：切！你生出来再讲啦……

阿黄嫂结结巴巴：等，等雷公一响，雷公打、打跛你只脚……

一直不吭声的阿黄伸手拧起大番薯的耳朵，大番薯龇牙咧嘴趴在凉席上，豆豉赶紧溜到吴嫂身边。

叉仔张大嘴想问雷公为什么会叫，不想阿妈的手掌一把盖住他的眼皮和嘴巴。

屋子静了，吴嫂摇晃着怀里的孩子，悄声唱着——

月光光照地堂

年三十晚摘槟榔

槟榔香摘仔姜

仔姜辣摘莲蓬

虾仔快滴眯埋眼啰

一觉眠到大天光

月光光照地堂

虾仔乖乖眠落床

听朝阿妈要赶插秧啰

阿爷睇牛（看牛）佢上山岗

虾仔你快高长大喔

帮手阿爷去睇牛羊喔

月光光照地堂

虾仔乖乖瞓落床

听朝阿妈捕鱼虾啰

阿嫲（祖母）织网要织到天光哦

虾仔你快高长大啰

划艇撒网更在行哦

叉仔听着听着，咬起家姐的耳朵说：自己教番鬼婆学讲"白话"，也唱过"月光光照地堂"……

另一旁的阿妈：收声！

突然，阿黄嫂惊叫了，忘了吊篮里两斤用盐腌好的傻猪肉！为什么叫傻猪肉？也就是原本要出口到香港的猪，或病或伤就地宰杀，煮熟后出售的猪肉，最便宜最抢手也是深圳人人皆知的猪肉。

阿黄就在猪仓工作，叉仔巷街坊全凭走他的后门吃上不需凭证的肉。

阿妈也想起要带些米和咸鱼过来，明日大水浸街，就要在六叔公家里开伙（做饭）了。

她和阿黄嫂刚出屋，天边闷响了几声，雨点好像机关枪"哒哒哒"地扫在瓦面，一阵比一阵密集。

　　大番薯和叉仔几乎同时睁眼，碰上六叔公的眼光又闭上了。

　　不一会，阿妈、阿黄嫂和四眼仔他们一起冲了上来：发大水了！

　　身上仅有一条裤衩的四眼仔们，头发手脚都滴着水，活脱脱一只落汤鸡，还顶着个硕大离奇的鸡冠——一个盛了干净衣服、牙膏、手巾、口盅的尼龙网兜。

　　不仅仅叉仔、大番薯，一屋人都笑岔气了。

　　凤娇和几个女孩羞怯地掉过头，不看半裸的他们。

　　四眼仔不管不顾地说，难得有点风早早睡了，还梦到去工人文化宫的湖里划船，划呀划呀，摇摇晃晃太高兴了，突然身子一沉掉水里了。咦？醒了，怎么黑咕隆咚？四方井头？枕边的眼镜呢？四处摸，冇！一脚踩到乜嘢（什么）？眼镜！被自己踩歪了一条腿，刚把眼镜架到鼻梁，什么撞在自己的小腿肚子？浮在水面的一块床板！

　　几个赤膊同伴还迷迷糊糊睡在石凳边的床板上。

　　四眼仔连踢几脚：发大水了！

　　醒了，他们一路蹚水，有个人傻傻慌慌一脚跌落四方井，几个人七手八脚好不容易把人捞上来，床板不要了……

　　"冇下雨会发大水？"

　　四眼仔一脸懵在梦中的样子，不时扶起那歪腿眼镜。

　　叉仔笑出了眼泪，大番薯蹲着头朝下滚了一个弯，一双脚正好落在他阿妈的嘴巴上……

楼梯"噔噔噔"又上来人了,派出所的民警阿九裤腿卷到大腿,六叔公凉茶铺的门钥匙就藏在第二块门板上面那块松动的砖缝里,阿九知道。

深圳民风淳朴,日子不算富裕,偷鸡摸狗的人却不多,叉仔巷这几户人家的钥匙大多藏在窗台或门边的什么窟窿里。大家没有正式知会,可"鸡吃放光虫——心知肚明",因为互相藏匿地点雷同,就像后来银行存折要设密码,大家都选择123456一样。

阿九神色凝重地说刚刚开完紧急会议,新安酒家和深圳戏院已经打开大门,让低洼地的居民躲避……他对大家说一定要注意安全,有问题就跟他去新安酒家避险。

六叔公说这里十六级台风都没问题。

阿九说还要去附城公社检查防洪防风的措施,手电筒不够用,把六叔公的手电筒借走了。

民警阿九一走,大人们不笑了,眼睛都看着黑乎乎且不时有什么飞过的窗外。

风变得急迫,呼呼地在玻璃窗外打转,砰一声巨响,好像天台的门被吹开了。男人们跟着六叔公楼上楼下跑了一趟,把门窗关得紧紧的……

风一阵一阵越叫越急越靠近,敲着窗子和门,像一只尖叫着要冲进屋子的怪物,闯不进屋子就在巷子里撒泼,一阵噼里啪啦,半空的晾衣竹竿一根根断裂和坠落,"哗啦"不知道掀翻了什么。风从那些看不见的缝隙钻进来了，屋里吊着灯泡的电绳也打起了千秋，晃动的光亮让叉仔忍不住往六叔公靠了靠：雷公会来吗？

六叔公揉揉叉仔的小脑壳：不怕，天上有两种云，有阳电有阴电，碰到一起就会闪电和放热，空气一受热膨胀发出声音就是打雷了。

没想到叉仔贴着六叔公的耳朵问：好像放屁一样？

六叔公有点不知道说什么好，指了指靠墙书架：你上学认字自己睇书就知道了。

叉仔稚气十足地问：乜嘢（什么）书？

六叔公：《十万个为什么》。

风，不停地撞击着门和窗。

突然一声巨响，不是打雷，电灯也灭了，一片黑暗里大家摸摸索索，声音不大，不怎么惊慌，这样的台风见多了，静静等风走吧。

叉仔从记事开始，年年都有台风，他也不怎么怕。不过，往年台风六叔公不会让大家到凉茶铺躲避，警察阿九也不会来小巷检查安全，大人们连呼吸都不敢用力，叉仔们都感到了不一般的气氛，紧闭眼睛不吭声了。

六叔公划了一根火柴要去点燃桌子上的火水灯（煤油灯）。

就在这时，叉仔看到了！他揉揉眼睛定定地看着黑暗里两盏一闪闪的绿荧荧小灯，再熟悉不过的光，那是猫的小灯，虎仔的眼睛。

他惊喜地叫：虎仔！

火水灯被点亮了，啊……轻轻地，孩子们甚至那些阿妈，不知怎的都不约而同压抑了自己的欢呼。

他的眼睛不离虎仔，它在书架底待了多久？六叔公刚上来说在白兰树下见过猫，如今看到没有一丝伤的虎仔，他一下要跳起却痛得又躺下，只是"喵喵"叫了几声。原本蜷缩一团的虎仔舒展开了，爱理不理地翻了个身，很吝啬地回应了一声"喵"就眯上了眼睛。

六叔公笃定地说："睏觉。"大家赶紧闭眼，多是装睡。

风开始变得妖孽，时而东北时而西北，忽上忽下，"啸——"地穿入窗里又窜出屋外，黑暗里似有千军万马从东南西北的各个方向尖叫而来。

"嘣嘣"似乎什么东西飞过或倒下了，"噼啪"一声巨响，玻璃窗和门被什么撞了……火水灯即刻熄灭，突然坠落的惊悸在黑暗里游荡。

非常不寂静的夜，不时夹带着魅影且如鬼叫一样的风，轰然塌下的什么？看不见却压迫了每一个角落或缝隙，无人知道它的来去，反应不过来的刹那间却已逃遁无踪。

叉仔看不见却隐约听见六叔公和阿爸、阿黄好像一群盲人，摸索和搬动着什么，只有六叔公"嗯嗯"和"这里""那里"的声音，其他人跟了他干着一件又一件的事，包括重新点亮了火水灯，灯移到书架顶……那簇昏黄的不停摇曳的光，落在屋里落在封住破窗的木板和顶着木板的一根扁担上，还有顶着阳台大门的那张书桌，书桌后顶着一张椅子及坐在椅子上的六叔公。

叉仔大睁着眼睛看着这些重量。

六叔公也看看叉仔，看看地铺上那些惊悸的眼睛，脸上生出一丝淡淡的笑：瞓觉啦……

台风还不肯登陆，那簇昏黄的光一直弱弱地亮着。

阿爸躺下时拍拍叉仔的脑壳，有点粗鲁地把儿子护在怀里。

叉仔不知道为什么推开了阿爸，迷迷糊糊睡不沉的他醒了，看着稳稳坐在椅子上的六叔公，还看到虎仔挪动和跳跃，跃向墙壁上半米高处的一只蟑螂，还有散落的死蟑螂。哦，连蟑螂都被台风赶到屋里了。

天亮了，风掀起什么又丢下什么，看清楚了。

凉茶铺对面杂货铺新加的二楼铁皮屋盖，有半边吹到凉茶铺的阳台和天台之间，剩下的半边铁皮悬挂在半空，哐当哐当碰撞着杂货铺的屋檐和大门。

白天同样昏天暗地烈风烈雨，但总比黑夜好。

屋里屏息无声，大家都在等什么。

叉仔看着六叔公愣愣地坐起来说：我要起一座最高的高楼，广州爱群大厦一样高，冇怕风冇怕水，我们住最高最高的楼上……

街坊们无声无息齐刷刷地看向叉仔。

四眼仔：你睇过大蛇屙屎咩（你看过大蛇拉屎吗）？

叉仔：冇。

屋里突然爆发一阵讪笑，叉仔有点茫然，笑什么？

六叔公想了想转过身走到书架边，说要找本建高楼的书给他看，每一层都翻了就是找不到。

突然，阿黄嫂大叫：出太阳了！

大家挤到窗边，晴朗了，风停了？无风无雨并出现了一片蓝天。

六叔公：风眼，这就是风眼，台风登陆了！

10多分钟风眼里的平静突然遁去，先前的风雨又上场了。

风势一会猛一会弱，渐渐微弱渐渐地远走。

水退得比风慢，比凉茶铺那大挂钟的时针还慢，一分一厘的退不说，撤走的地方还淤泥一片，水浸街后横七竖八的竹竿树枝和烂泥，还有无数漂流的簸箕、扫帚和坛坛罐罐……叉仔巷的街坊们，老老少少不声不响，各自清扫风过之后的门前物。

只有腿脚不便的叉仔还待在凉茶铺二楼，六叔公特地从书架上挑出一堆书，放到他身边，不过并没有六叔公说的那一本书。

他看书看累了，抬起自己的大脚指头又开始伪装老鼠了：喵喵……

虎仔卷成一团，猫耳朵颤抖了一下，叉仔知道它装着听不见。

他揉了一个小纸团，扔到虎仔的脑门上，它继续装睡，二楼的旮旮旯旯发现了20多只死蟑螂，昨晚捉了一晚上的蟑螂，累。

叉仔很大度地收起了脚指头：不玩就不玩。

这天夜晚停电停水。

漆黑中，叉仔巷的大家依旧聚在凉茶铺二楼，被火水灯那簇不及拇指大的光照耀着，孩子们欢闹不减。

六叔公给那部红灯牌收音机装上电池，播音员不紧不慢地播讲香港新闻：台风袭港之中，12人死亡，260人受伤，800人无家可归。维多利亚港等多数地方刮起飓风，港内船只严重损失，18艘远洋船在海上碰撞，9艘扯断锚链在海中漂浮，超过100艘小艇沉没，200艘受损。5条维多利亚港内的海底电缆被船只拖行的锚链损坏，19000条电话线失灵。

刚刚成为市的深圳还没有报纸，过了些时候才知道：深圳市2人死亡，47人受伤，2333间房屋倒塌，25772间房屋损毁，8286亩农田受浸，2艘船沉没，100艘船损毁……

叉仔弄不清楚这些数字，只知道叉仔巷的白兰树，一棵折断了不少枝丫，一棵倒下压垮了树下的大板车和四方井的围墙；凉茶铺二楼阳台的多块窗玻璃和门都裂了；叉仔家的屋檐掉了半个角；阿黄家的厨房屋顶被掀掉了几十片瓦。

六叔公说风走了水退了，天跌落来当棉被盖。孩子们的笑声又在巷子里此起彼伏……

叉仔一直惦记着六叔公说的那本书，也是奇怪，六叔公从最高层找到最底层，还撅起屁股在书架下捞了几把，始终没有。他挠着自己的脑瓜说，他不知道看过多少遍，几十年都放在书架上，记得年初还翻看过，书没有脚能跑到哪去？

台风后的垃圾清理完了，暑假也结束了，直到叉仔脱掉了"大胖靴"拄着根小拐棍走路了，那本书始终没找出来……

三、大厦

每当广播体操或上体育课，课室里只剩叉仔一人趴在窗前，看操场上同学们玩乐时的高声大叫和笑，似有一群蚂蚁在心里爬来爬去，很痒很痒，痒到最后蚂蚁结了窝，整个胸膛堵实了，时间成了根没有尽头还爬满蚂蚁的麻绳……

可想而知，几个月后丢掉拐杖有多高兴，他上了六叔公家的大天台冲着天空嗷嗷叫了几声，虎仔也跟着他在天台疯窜疯跳，一个人一只猫，叉仔对着猫傻笑。接着他走到六叔公练拳的长条大沙包面前，挥起7岁的小拳头，左一下右一下还飞出一脚才赶走了闷气。

有多高兴？

课堂上，班主任刘老师要大家说说最难忘的一件事。

叉仔说了台风前夕，自己为了救猫跌断脚的事，现在终于能走能跑了，又可以回到白兰树下和大番薯他们一起玩，就像"吃鸡仔面一样高兴！"

吃鸡仔面一样高兴！吃过的同学都点头，没吃过的一脸羡慕。

刘老师问：吃鸡仔面一样高兴？吃过？

叉仔点头，一副乐滋滋的模样。

台风后，阿爸和工友们日夜清理印刷厂的垃圾，中午不回家吃饭，吃在沙头角买的香港即食面。这天阿爸带回一包让叉仔尝尝，面很神奇，干干的饼面和酱包放进热水泡几分钟就能吃了，包装袋画着一只卡通鸡的脑袋。

他吃得很香，从没吃过这样新奇鲜美的面，鸡仔面是没有鸡的，但和鸡一样好吃。

他把剩下的那点汁水和猫饭搅了搅，虎仔也吃得"呼呼"叫，宣示不准和它争抢主权。太香太好吃了，叉仔就像猫那样舔了一遍又一遍。

下课后，叉仔站在老师的讲台边：刘老师，你吃过鸡仔面？

老师摇摇头：没吃过呢，好吃？

他咽着口水：好吃！就是好想好想吃。

他还告诉刘老师，自己将来就当一个生产鸡仔面的工人，天天吃鸡仔面。

刘老师说自己小时候也想当一个公共汽车的售票员，天天手里拿着票夹子撕一张张的车票，很好玩。

叉仔觉得所有的老师里，刘老师最好。

叉仔巷的白兰树下有大片空地和两张石条长凳，这是暑天最凉快的地方，家家户户的猫都爱在这里晒太阳。虎仔也不例外，不时懒懒地翻个身，猫之间看上去不交流，一副各捕门前老鼠的清冷神态。

孩子们常常带张小板凳趴在石凳上做功课，做完功课就玩，邻近几条巷子的孩子都爱来这里玩。叉仔、大番薯和豆豉玩的是男孩子的游戏"斗蜗牛""打游击""赢角仔"……从来不玩女孩子的跳橡皮筋、跳格子、丢沙包……男孩女孩一起玩的只有"老狼老狼几点钟"。

这天大番薯装扮"老狼"，叉仔和一群"小兔子"跟着他的屁股问：老狼老狼几点钟？

"老狼"：7点钟。

叉仔胆子大几乎贴着"狼"脊背，还摸摸"狼"脑袋。

"小兔子"们继续问：老狼老狼几点钟？

"老狼"：10点钟！

叉仔大模大样跟着"狼"，大番薯最想抓住的就是叉仔，侧眼偷偷一溜后头琢磨说出12点（深夜）的时机，他一会说9点，一会说11点，就等着叉仔靠近，"小兔子"们又一次问：老狼老狼几点钟？他觉得肩膀上有一只手立即大叫：12点！

话音没落，回头一把抓住了那只手，只是轻飘飘的一把大葵扇，叉仔没影了，别的"小兔子"也四散逃了……

叉仔丢了大葵扇跑得比风还快，跑到巷口六叔公家门外，抬头就撞上一个黑瘦精干穿了蓝色干部服的人，他推着永久牌旧单车靠在六叔公门边，单车尾架夹着个鼓鼓囊囊的网兜，几件衣服和手巾、牙刷，还有几本书和一条红双喜香烟。

他们互相看着，陌生人突然笑了：叉仔？

叉仔一点也不奇怪别人叫自己叉仔，深圳十字街来回就这些人，抬头不见低头见，谁不知道叉仔、大番薯、豆豉。

这人掏出钥匙边开门边问六叔公的去向。

叉仔说六叔公去深圳水库附近的山上挖灵芝。他跟六叔公和阿爸挖过几回灵芝，他等陌生人问自己灵芝是什么。等了几秒不等了：一条烂木根有生出1朵，也有生出10多朵灵芝，灵芝茶香，不过苦，加蜜糖才好喝……

叉仔说着说着停住了，眼睛好像打了麻药定格在单车尾架网兜下的纸箱，印在纸箱侧面的鸡脑袋。他吞咽着，鸡仔面！说不出的好味道涌上来了。

此时，陌生人走到对面去敲叉仔家的门。

叉仔收回停在鸡仔面上的目光，笃定地说：冇人，去赶圩了。

话刚落音，他咧嘴一笑扭头跑出巷口。阿爸、阿妈要给六叔公做生日，一早"投圩"买肉菜，他去告诉阿爸有人找，那人驮着一箱鸡仔面……

圩场，叉仔看到阿爸走到鸡笼前。

卖鸡的客家大脚阿婶蹲在鸡笼前面，摘下凉帽一上一下地扇，扇出的那点风如何抵得住大热天？汗水从额头一直往下淌，两鬓和阔大的黑襟衫都湿透了，脸庞也如火烤一样红。可一看阿爸就搁下凉帽，手在笼子里一捞，抓了老鸡嫲（老母鸡）和阿爸说煲汤最好！阿爸说要白斩，阿婶又捞出另外的小母鸡，掰开鸡屁股吹开细细的毛，说还没生过蛋……

叉仔走过来，正要说有人找阿爸，一眼看到那戴渔民帽的黝黑汉子就忘了。那汉子倾斜了脚边的小木桶，里头有白白滑滑水淋淋的鲜蚝。六叔公说蚝怎么做都好吃，很想吃蚝的叉仔摇摇阿爸的手：我中意（喜欢）蚝。

阿爸也想吃蚝，荷包里的钱不多了，买了鸡还要买肉酿苦瓜，买肉还是买蚝？或者不买蚝买旁边那堆虾毛（小米粒大的虾）？

手里提着一菜篮子苦瓜的叉仔妈挤过来了，阿爸和阿妈商量买蚝还是买虾毛的时候，叉仔听到街口一阵喧闹，大伙涌向一辆"新兴"餐厅的汽车，车身一杠白一杠粉红，半边车厢敞开着，一个漏斗那样的东西下面放着一沓拳头大的圆筒，白花花的一圈一圈漏入筒里叠成白色的"火炬"。

人人手里摇动着3毛钱，挤出来的人一脸喜滋滋，拿着一筒奶香奶香的白色"火炬"舔着舔着。

第一次看这等稀奇的雪糕，叉仔闻着奶香就知道很好吃，他踮起脚拼命向阿妈和阿爸招手。

买还是不买？赶过来的阿爸阿妈商量了很久才买了一个，叉仔舔了一口又舔一口，冰冷冰冷的牛奶味道真好，不像以前吃的硬邦邦的"雪条"，冰冷冷甜丝丝还软绵绵，他的舌头舔了几舔，"火炬"很快平了。阿爸说让阿妈尝一口，叉仔狠狠舔了一大口才递给了阿妈：一口。

阿妈轻轻一舔说太冷给回了叉仔爸，结果阿爸狠狠吮吸了一口，平台凹成了深井，叉仔有点焦急，阿爸把没有雪糕的圆筒还给叉仔，叉仔一下把圆筒吃干净了。

叉仔不肯离开，还想吃。

阿妈拉开他，有钱咩？

叉仔拉着阿妈的衣角，自己那个陶瓷猪钱罐有好多钱，从叉仔出生到今年7岁，一年一年的利是钱和不多的零用钱，一分钱两分钱，这几年叉仔摇过无数次，原本一摇就哐哐当当的小猪已经满满挤挤摇不出声音了。

"我想打烂钱罐……"

叉仔话没落音，阿妈就说：打你的头！

阿爸：过年再讲，最最紧要用钱才打烂钱罐……

叉仔只好舔舔留在嘴唇边边的味儿，比鸡仔面更好吃，这时想起那有一箱鸡仔面的人！

阿爸一听就赶紧回家，进巷子看到陌生人的裤脚卷到膝盖以上，拿着锄头和竹扫帚清理小巷的沟渠。

那人回头看见叉仔爸就哈哈笑，放下锄头一巴掌拍在叉仔爸的肩头上，叉仔爸看着这又黑又瘦像个非洲马骝（猴子）一样的人，眼睛好似照相机一样咔嚓咔嚓眨来眨去，到底没认出来，只好咧开两片厚厚的嘴唇傻笑。

那人笑了：兆坤，认唔（出）我？

叉仔爸心想，人人都习惯叫自己阿坤，谁会叫自己兆坤？

那人笑得有点无奈和酸苦：哎呀"滴仔"……认得？

叉仔爸小时候个子矮小，大家叫他"滴仔"。突然明白眼前是谁：七叔！

阿爸一把拉过叉仔：叫七叔公！

叉仔大瞪着眼睛，七叔公？就是六叔公老说的参加抗日游击队的那个弟弟？和凉茶铺二楼相框里的照片一点都不像。那个七叔公穿着军装，腰上有枪和子弹袋，旁边有个小警卫员，很威的七叔公。

叉仔用力晃头，还用普通话一板一眼地说：你不是七叔公……

人家眯眯笑着扳正叉仔的脑袋：你是七叔公？

叉仔摇头。

七叔公：你是谁？

叉仔：叉仔。

七叔公微笑着问：叉仔是谁？

叉仔不耐烦了：我！

七叔公忍住笑：你是叉仔，我为什么不是七叔公？

叉仔被问住了，好一会才问出一句：你不是"大条火柴"！你这个瘦鬼"摩罗叉"（粤语，肤色黑的意思）！你好丑！

阿妈拉过叉仔悄声说不要乱讲，还捏了捏他的手臂说
"傻仔"，叉仔推开阿妈嚷"我不是傻仔！"阿妈急了，
勾起二指做出"啄"叉仔脑袋的模样。

七叔公敞怀大笑一把搂过叉仔，还用自己脸上的胡
子茬茬去刺他嫩嫩的脸……好不容易挣脱七叔公的叉仔恼
了，两手架在胸前猛抖，活像一只愤怒的螃蟹。

采灵芝回来的六叔公哈哈笑，搂过叉仔一阵胳肢，叉
仔笑得一阵乱颤和跳脚。

叉仔坐在家里天井的小板凳上解开六叔公的蛇皮袋，
掏出一朵又一朵褐色的灵芝，清理粘在灵芝上的泥土和草
根……耳朵却在偷听厅堂里大人们的说话。

六叔公问七叔公是不是还常常熬夜，他去采灵芝就是
想煲灵芝汤补补七叔公的身子。

叉仔爸担忧七叔公的瘦和黑。

七叔公说深圳要起高楼了，天天跑工地晒太阳好像以
前打游击到处走，能不黑？黑一点不怕，就怕"摩罗叉屙
尿乌嘘嘘"（粤语歇后语，摆乌龙之意）。

听到这个"乌嘘嘘"，叉仔的嘴巴突然跑出一列火车
长的大笑，嗯哦哈……他要捂嘴，哪捂得住？他干脆指着
七叔公：瘦鬼摩罗叉！

六叔公也笑了，说叉仔太像七叔公小时候，天不怕地
不怕的"老蟹仔"（螃蟹）……

七叔公说调来很多新的大学生，招待所没有床位

了，他动员大家投靠亲戚让出床位，自己带头回来叉仔巷的家。

叉仔妈心直口快：屋子又老又旧，怕，住不惯吧……

七叔公：怕？有铺床就得了，打日本仔的时候，天天瞓坟头都冇怕过！

六叔公：你的房间搞干净了。

七叔公看着叉仔爸：我来搭食，交伙食费……

阿妈却说怕招呼不到，没有什么好吃的。七叔公嘿嘿笑，招呼什么，不是外人，你们吃咸菜我也吃咸菜，天天吃鸡仔面和面包片，哎呀，还是自家饭好。

叉仔一听就拍手叫好跳起来冲到七叔公身边：你吃我的饭，我吃你的鸡仔面……

七叔公忍住笑勾住叉仔的指头：勾手指！

叉仔晃着激动的指头，硬是勾了不下10次指头，心想七叔公不但丑还好笨。

七叔公从兜里掏出一沓票证，什么粮票油票肉票……小张大张10多张。叉仔妈连声说做不得做不得，这票那票都是宝贝的票，自己留下吧。

七叔公笑了：留下就过期作废了！

叉仔爸也笑：哎呀，妇人啰啰唆唆！去煮饭，凤娇帮阿妈酿苦瓜。

七叔公说酿苦瓜太好了，说着就走到灶间把砧板搬到天井，左右两把刀"嘟嘟嘟"地剁起了肉馅……

吃饭了。

家里没有多少家具，一张矮矮的四方饭桌不但用作吃饭，也是叉仔和家姐凤娇做功课的课桌。只有四张有靠背的小竹椅，大人们都坐满了，家姐夹了菜去白兰树下坐，叉仔坐在角落里的小板凳上，饭桌上都是过年才吃得上的菜：酿苦瓜、白斩鸡、虾毛粉丝煲、炒豆角、炒萝卜苗、咸菜豆腐……他眼珠子盯着菜碟子滴溜溜转，想留在饭桌吃饭。

七叔公挪过竹椅：叉仔，来！

叉仔一屁股挤到七叔公和六叔公之间，大口大口吃，吃出了一额头的汗。

他嘴里包着一块鸡肉，筷子又伸到阿妈鼻子下的酿苦瓜。

"啪"，阿妈一筷子打在他的指头上，骂他"飞象过河"，吃没个吃相，好像监仓（监狱）放出来一样……

六叔公笑笑，把白斩鸡碟子上的两个鸡腿，给他和七叔公各夹了一个。

叉仔爸拿出了叉仔妈酿的糯米酒，敬六叔公和七叔公各一杯。

七叔公没喝完一杯酒，脸就红得像关公，话也开始多了，从东江纵队讲到"文化大革命"，讲到被斗了一场又一场时，人家要他喊打倒自己，大家喊他也举拳头大喊，他用客家最粗最脏的话骂人，闹哄哄的谁也不知道他在骂谁，谁知道他有这一手？他得意扬扬地笑，还笑出眼泪。

叉仔妈问七叔公怕不怕，"天跌落来当棉被盖"，七叔公说出和六叔公一样的话。

叉仔也笑，笑着笑着，看到阿妈给自己使眼色，他扭捏着站起来给六叔公和七叔公各夹了块酿苦瓜……

叉仔爸：深圳刚成立市，听说又要成立特区，真的？

七叔公：真的，马上要成立特区，这就好了。

七叔公说的什么引进外资和优惠政策，还说国务院副总理谷牧来来去去很多次了，叶剑英也来了，省里的习仲勋也亲自过问，大人物一个接一个来深圳，从来没有这么多，也从来没有这么密。他还去见了老上级，以前东纵的司令员曾生当了交通部部长兼任招商局董事长，立马把袁庚调到招商局担任副董事长，蛇口工业区搞起来了。他们的建筑工程公司来了不知多少支工程队……

特区？老师讲，白兰树下的人也讲，特区就是特别的区，以前叫边防区，现在叫深圳特区？叉仔看着这些大人，没听明白，只是觉得这些大人的形态好像老师教的一句成语"兴高采烈"。

闹不明白说啥的他，打了一个饱嗝，天天都吃这样的菜就好了。

吃得一脸油光的叉仔爸也不知道什么叫特区，更不知道怎样的好。他突然好像电影里搞阴谋的人，靠近七叔公悄悄说：好像香港一个样？

叉仔听明白了，大声说：天天都吃鸡仔面！

一阵大笑。

七叔公叹了一口气：天天鸡仔面，吃怕了，不好吃。

叉仔瞪着七叔公：你骗鬼！

每天如常，叉仔爸坐在白兰树下，大家围过来打听特区到底什么时候成立，叉仔爸有板有眼地说"快了"！叉仔爸根据这些天七叔公通宵达旦推测的，没想到很快人大会议批准了《广东省经济特区条例》，真让叉仔爸说对了。

小巷里的人家对叉仔爸越发尊重，大事小事都问叉仔爸。

七叔公的省建某某公司干什么的？

大家七嘴八舌说建深圳高楼了，有多高？起码要像广州爱群大厦，15层高。

叉仔"哇"了一声，他知道爱群大厦，阿爸说过去广州开省劳动模范大会就住15层高的爱群大厦，房间有电话有卫生间，上落有电梯，还有中西餐厅……对了，大厦里面热天有风扇，冷天有暖气。

大家都惊叹，15层，比新安酒家多出10层！深圳高楼的极限了。

叉仔巷的人大多数都去过广州，可99%的人没住过爱群大厦，叉仔爸最有本事，他比画着电梯的大小高度，人站在里面想上几楼就按几楼的数字按钮，不用走一下子就到了想去的楼层。

叉仔见过的楼梯都是木头的，还有电的楼梯？

阿爸说冲凉和拉屎、拉尿的地方叫卫生间，屙罢屎一拉绳就冲得干干净净了。

叉仔从小就知道不远的文化宫和农机厂有公厕，不过阿妈不让他蹲公厕，每天他都乖乖把自己拉在搪瓷盂里的屎尿，倒在屋后烂地的屎尿桶里。隔一段时间就有附近耕田的客家婆挑着粪桶上门收兑粪尿，一桶肥换一小捆松柴。

叉仔巷家家户户都存留粪尿，都舍不得把"肥水"屙在农机厂的公厕里，都愿意和挑着粪桶上门收粪尿的附城农民换松柴。卫生间都冲干净了，屙屎屙尿还能换什么吗？大伙不说话了。还是阿爸厉害，他知道烧煤气就不烧松柴了，换了松柴有屁用？大家越说越乐了，向往着有卫生间的一天。

阿爸说起热天里的空调，大家都不禁想到深圳戏院，炎炎夏日不用带扇子，里面的空调送出凉风舒服极了。

叉仔冲口而出：我们家要像深圳戏院一样。

白兰树下的安静被叉仔这稚气的一声打破了，七嘴八舌说起深圳戏院"顶呱呱"（了不起），举办过多少国家级的演出？东方歌舞团、广东粤剧团、中国京剧团和战士杂技团都来演出过，连香港人都坐火车一直坐到戏院附近的小站下车，去戏院看完戏又去新安酒家吃夜宵，说这个深圳戏院、华侨旅行社和新安酒家都是周恩来总理说要建设的边城三大建筑……深圳戏院像那个爱群大厦一样厉害。

七叔公从没到过白兰树下闲聊，不过叉仔巷的人都知道他有去沙头角的特许边防证。大家就托六叔公让七叔公捎带点中英街的东西，不外是香皂、丝袜，当然还有鸡仔面。

凉茶铺二楼成了七叔公的办公室，电灯几乎每夜都亮到拂晓。有时开会，有时七叔公拿着电子计算机，手指点来点去，没时间和叉仔开玩笑了。

七叔公的脸好像一块铁板，叉仔很想问是不是病了。

六叔公悄悄拉开了叉仔，冇吵……

叉仔伏在六叔公的耳边悄声说：七叔公要在深圳起爱群大厦？

六叔公点头。

不久，七叔公的办公桌搬到自己房间，因为工地上的简易房还没有完成，凉茶铺二楼大厅打了一溜地铺，这里成了十多位工程师、技术员的临时住所。他们一早跑工地直到傍晚才回来，也不生火做饭，几乎天天泡鸡仔面。

叉仔着魔了，一到傍晚就上凉茶铺二楼，说也奇怪，那只猫也来凑热闹，在这些人的脚边蹭，拱起脊背竖起尾巴还"喵喵"叫，一副讨好的样子。叉仔觉得虎仔和自己一样，馋上了放在墙角边的几箱鸡仔面，吃不上闻着也是香。

这天傍晚，叉仔上二楼正碰上他们吃鸡仔面，他耸起鼻头狠狠吸了几下，香味的小馋虫钻出钻进搅得叉仔一脸傻馋相。

呆愣愣的眼珠子定格在人家泡的面上。

王工把手里的干泡面送到叉仔手里，叉仔老实不客气吃得一嘴脆香，吃没了，吃得太急嘴唇上还黏了不少米粒大的面细碎，样子有点滑稽。王工看到叉仔就想起同样调皮的儿子，几乎2个月没有休假了，不禁乐呵呵地摸摸叉仔的脑袋悄声问：没吃饱？叉仔点头，王工打开了鸡仔面箱子，说想吃就吃。

工程师们边吃泡面边围着摊在床铺上的图纸说着什么，有个还拿着一部电子计算机算来算去，后来为了一个数字吵起来了。谁也没注意叉仔，叉仔放开了不管不顾地狂吃。

叉仔学着工程师们端着泡面，先水吃后干吃，一包再一包不知道自己吃了多少包，小额头上的汗珠成河，直到肚子再也塞不进去了。饱嗝连连的他，觉得可以用老师刚刚教的"心满意足"来形容自己，他上床闭上眼睛的时候有点不舒服可还不知道死撑的后果。

当天夜里，他呕吐不止肚腹剧痛连夜去人民医院急诊，诊断结果：急性肠胃炎。

叉仔住院治疗了4天，他的鸡仔面故事成了叉仔巷的笑话。四眼仔干脆喊他"鸡仔面",叉仔讨厌这个新外号,指着四眼仔的鼻子说不帮他拔白头发。

四眼仔才20多岁就长出白头发,常常喊叉仔给他拔白头发,一次奖励一颗糖。一听不拔白头发,他伏在叉仔的耳朵边说了点什么,叉仔喜笑颜开立即点头。总之"鸡仔面"这个外号没有流传,叉仔的鸡仔面热度归零,且闻到鸡仔面就反胃。

叉仔出院时,二楼已经人去楼空,工地上的简易房搭建好了,工程师们和七叔公都搬走了。

他上楼时六叔公正在补一本书,书的四边都翻卷残破不说,书脊还掉线了。六叔公戴了老花镜,用小锥子和白粗麻线连接剥离的书页,书脊加固得如线装书那样结实。

这就是六叔公总是找不到的书。

工程师们移动了书架,夹在墙壁和书架缝隙中的书出来了。

六叔公小时候的深圳,最高的鸿兴酒家只有三层半高。他跟父兄去香港,尖沙咀亚洲闻名的半岛酒店足足有7层高,大哥送给他这本世界摩天大楼的建筑摄影专集,希望他将来当个建筑工程师。谁料不久日本仔打深圳打香港,他逃来逃去,但这本书都没有丢。

叉仔一翻开就入迷了,问六叔公怎样才能当上建筑工程师?

六叔公挥拳做出用力打沙包的动作:最紧要身体好。

叉仔想学六叔公天天在三楼天台打沙包练拳脚，想着想着就问：最高最高的楼有多高？

六叔公也不清楚，记得美国纽约市伍尔沃斯大厦有55层高。

叉仔吃了一大惊，55层？心算了一下，哇，3座爱群大厦加起来都没有它高：会不会将天顶出一个窟窿？如果天掉下来……

六叔公拍拍叉仔后脑勺：当棉被盖咯……

叉仔一脸严肃：压住我就冇得高啦。

六叔公大笑：你讲过要建一栋高楼，冇怕风冇怕水，哈哈，还要冇怕天跌落来……所以就要好好读书，大个仔就读大学做建筑工程师。

叉仔有些疑惑：我大个仔都要似阿爸阿妈，揾钱养自己一头家（挣钱养活一家）？

六叔公：冇错，你大个仔结婚摆酒，六叔公去饮，送你一只金戒指……

叉仔眨巴眨巴眼睛：我结婚你就好老好老，拉柴啦（死了）……

六叔公故意瞪大眼睛露出不满意的神色，没半秒就忍不住搂过叉仔，笑了，那种很暖和的笑：我睇到你结婚就开心啦。

四、特区

刘老师布置作业，写一篇和"特区"有关的日记。

一路玩回来的叉仔和大番薯，趴在白兰树下的长条石凳上咬铅笔头，常常在树下听大人闲聊特区，依旧懵懵懂懂不明白"特区"是什么，也没觉得特区和不特区有什么分别。

叉仔看了看树下玩耍的虎仔，猫也平淡无事。

从火车站到十字街多了很多小吃店和餐厅，和平路的铁皮房外面挂出五颜六色的广告招牌，夜里还会闪光，里面像深圳戏院一样，吹着阵阵凉飕飕的空调风。

上星期舅舅回来带自己去吃饭，"春园"都"爆棚"（客满）了，只好转去"新兴餐厅"……这算"特区"吧？

叉仔偷偷瞄了大番薯的作文本几眼，灵机一闪哗哗写了好几个开头：

第一个：我想做一个guai（怪）梦，zui（嘴）巴吃好多好多好东西，肚子好高兴。

第二个：大番薯好污zao（糟），头发有虱子蛋，ti

（剃）了光头好丑样。

　　第三个：运动会，我跑100米，不打赤脚穿鞋子了，跑到第一名，好高兴。

　　他写好又擦掉了，老师说日记要写最高兴或最深刻的事。

　　最高兴隔三岔五店铺开张，烧一串长鞭炮，鞭炮声一停，自己和大番薯、豆豉一起冲入还没有散去的硝烟里，狗刨似的满地找没有炸开的炮仗，接着就在白兰树后的烂地捣腾那些黑乎乎的火药，划根火柴烧报纸，烧着就烧到里面的火药，等待"轰"的火光一闪，就装出惊慌的样子拔腿狂跑。有一次火苗舔着了烂围墙边阿黄家的竹篾鸡笼，阿爸拿着和叉仔手臂一般粗的木柴，骂叉仔"神台猫屎得人憎（讨厌）""烂泥糊不上壁"，木柴一落在屁股，叉仔就转头哭喊"不敢了"，阿爸罚叉仔写检讨书贴在房门上，叉仔每天开门都看到自己的错误，最高兴的事后来变成不高兴了。

　　他咬着想着，笔头上的小橡皮擦咬出来了，日记没写完。

　　大番薯一脸得意地念日记：

　　我和叉仔放学后，高高兴兴玩回家，爬上"鸡屎果"（番石榴）树摘了6个果，好高兴。第二天，没有了，我们去湖南围路边的小水沟，叉仔在后头赶，我在前头摸，哇！捉到8条"滑哥"（塘鲺），一人分了4条，好高兴！第三天，去刨人家收完的fan shu（番薯）地，捡到了几个，好高兴……

高兴的事都让大番薯写完了，橡皮擦子咬没了，太阳也要下山了，回家吧。

往日疯玩后，总是一身泥一身水，进门就被阿妈或家姐抓去冲凉，被摁着擦、洗、搓，他嗷嗷叫不要搓。阿妈噗嗤一笑扭他耳朵，摊开巴掌上搓下的条状"老泥皮"让他看自己有多脏，哭过逃过都无法躲过她们在自己身上的大扫除。

不过这天他一进门，阿妈笑嘻嘻递给他一个铁锌皮桶，让他自己去井头冲凉。他梦过多少回像四眼仔他们一样"稀里哗啦"地冲凉，这回成真了。

阿妈说他快8岁了，"大个仔"了，自己在井头冲凉不能像在家里一样"剥光猪"（全裸），不能脱掉小裤衩，要用毛巾用力搓全身的"邋遢"……

四眼仔那群后生哥哥已经从四方井打起一桶桶清凉的水兜头冲在身上，边冲边高唱，原本他们总唱"水兵爱大海，骑兵爱草原，要问飞行员爱什么，我爱祖国的蓝天……"如今他们唱香港歌星许冠杰的《半斤八两》了——

我哋呢班打工仔　通街走趿直头系坏肠胃

揾吩些少到月底点够洗　奀过鬼　确系认真湿滞

最弊波士郁啲发威　癫过鸡

一味喺处系唔系乱来吠

提亲加薪块面拉起恶睇　扭吓计　你就认真开胃

半斤八两做到戚戚咁嘅样

半斤八两　湿水炮仗点会响?

半斤八两　够姜揸枪走去抢

出咗半斤力　想话捞番足八两

家阵恶揾食　边有半斤八两咁理想吹涨

我哋呢班打工仔　一生一世为钱币做奴隶

吟种辛苦折堕讲出吓鬼

半斤八两　就算有福都有你享

半斤八两　惨过滚水渌猪肠

半斤八两　鸡碎咁多都要啄

歌词大意:

我们这群打工仔　满街疯跑肠胃都累坏了

挣丁点的钱月底早没了　少得很还糟透了

最烦那老板动不动就发脾气　发瘟鸡那样乱吼乱叫

一说加薪就绷起脸特难看　别想加薪了

半斤八两　累得大喘气啊

半斤八两　湿水的鞭炮怎会响

半斤八两　有胆就拿枪去抢

出一分力就想一分回报

现在混饭吃难呀　哪有半斤得八两这么理想

我们打工仔一生一世为钱币当奴隶

那艰辛说出来鬼也吓坏了　不想活了　别说无所谓

半斤八两　就算福气也没你的份

半斤八两　比开水烫过的猪肠还惨

半斤八两　鸡杂碎大的利益得搏命抢

我哋呢班打工仔，一生一世为钱币做奴隶……叉仔来来回回哼这一句。

听着听着，冲凉的人不唱歌了，七嘴八舌说起香港电视剧《网中人》，周润发扮演的程纬"冇得顶"（厉害），大学毕业生会打球会开车，醒目仔。阿灿傻头傻脑，不过跳摇摆舞，还似模似样。

他们边说边冲水，七八条水淋淋光溜溜的身子扭着蹦着摇摆和碰撞着。

叉仔看着他们像被开水烫脚不停地跳，水淋淋光溜溜的一片沸腾模样，笑弯了腰。

四眼仔哥哥问笑什么？

叉仔："饺子"跳舞好丑样……

四眼仔用力摆摆胯部：香港人跳的，的士高，够劲！

第二天，叉仔说去十字街看看有什么可以写日记。

阿妈很高兴：我带你去。

阿妈挤进布店那群叽叽喳喳的女人里头，手中的布票一扬，卖布吴嫂的眼睛急忙挤了挤，一手接了叉仔妈捏得有点潮的布票，一手把早已留下的花布头拿出柜面，这叫"走后门"，已经开过会说不准"走后门"，多出三寸布头看谁有运气，阿妈说自己不算"走后门"算好运。

叉仔不喜欢挤在女人堆里，一猫腰跑到离布店不远的深圳戏院和工人文化宫大门以及新安酒家之间的三角空地，只见一圈人围了一个牵猴子的人，一公一母的两只猴子听着口令跳上跳下，突然猴子不听命令猛力甩动火红一团的屁股，气得主人嗷嗷直叫，接着猴子夫妇搂在一起做出极其恩爱的动作。那人一脸羞红使劲跺脚，大庭广众的恋人或夫妻都偷偷摸摸连手也不敢牵。那人极其愤怒大骂"死马骝"，猴夫妇爱理不理淡定无比，公的骑到母的背上，人看猴猴不看人。

一圈人笑岔气了。

叉仔的眼睛突然被捂住了，阿妈急声骂"炮打鬼"。

几百年前洋人在深港澳沿海一带滋扰无数，最重刑罚就是把人塞进大炮筒，一炮打出去便死无全尸，客家人口口相传的"炮打鬼"渐渐就成了客家人骂人最狠毒的话。

阿妈一把拧着儿子的耳朵出了人圈：冇睇（别看）死马骝！

叉仔摸着生疼的耳朵咧嘴一笑：好搞笑！

阿妈把他扯出圈子，不让他看，还叮嘱不要写在日记里。

和叉仔妈一样强烈不满的人应该很多。不久后猴子夫妇不见了，据说应众人要求处死了它们。

叉仔刚到家门就听到了口哨声，笑眯眯的四眼仔等着呢。

他捏捏叉仔的鼻头笑了，这是提醒叉仔拔白头发的暗号。

叉仔上次吃过舅舅从香港带来的奶香柔韧的瑞士糖，四眼仔那一分钱两颗脆嘣嘣的水果糖，没有多少吸引力了。

四眼仔慢慢凑近叉仔，悄悄说工人文化宫的电视室有一部香港工联会送的26寸飞利浦大彩电，帮他拔白头发就带他去看大彩电，不过人太多了，不能告诉别人，阿爸阿妈也不行。

叉仔心动了，帮四眼仔拔了近20根白头发。

当晚在工人文化宫二楼电视室看大彩电，人太多太多，几条长条凳坐得密密匝匝，旁边和后边都站满人，四眼仔和叉仔挤不进去，四眼仔说"骑驳马"（坐在肩膊上）。叉仔屁股一扭往上拱了几拱，一用力，后头的大门玻璃突然炸裂了，四眼仔拉着他拼命跑，生怕要赔偿玻璃……连大彩电的影子都没看到。

日记没写好，高兴和深刻的事情突然来了！

大舅从香港带来一台17寸彩色电视机。

叉仔的大舅1972年偷渡香港，1979年春节第一次回来，又慌又怕，虽然改名字了，还是怕被人知道，会不会没收自己的回乡证？他从罗湖过关后不敢直接往家里跑，和叉仔阿妈约定在新安酒家会合，酒楼里和香港亲友会面的人太多，没了位置只好在酒家花园见面。一个港澳同胞可以带回来5斤油、5斤米、5斤糖，15斤东西都在他的旅行袋里，还有一些旧衣服，他没说多少话丢下袋子就匆匆走了……

如今他几乎十天半月就回深圳，近日香港报纸通版、头条都是深圳成立特区的消息，有深圳亲戚的香港人返乡带的都是计算机、电视机……

大舅让叉仔巷有了第一台彩色电视机。

阿爸和大舅七手八脚，在天台竖起一根"水喉铁"，上头固定了专门收看香港电视，大约一米长，形状如鱼脊梁和胸排那样的电视天线。

他们在新安酒家吃饭，大舅也听说要搬走火车站旁的罗湖山。阿爸问大舅想不想来投资办厂？

六叔公说特区条例一出台有许多优惠。

叉仔爸问大舅在香港打什么工？大舅支支吾吾没说，只说自己一个月在香港最少能挣600多元，最多上千元，比叉仔爸妈多出十多倍。

六叔公说你去了近10年，存不少钱，不如回来投资？

大舅结结巴巴说在建房子呢，突然脸红红说存起来的是老婆本，30多的人还没讨到老婆，血汗钱不能动，万一搞不好赔了怎么办？

太阳没下山，大舅说要赶回香港看晚上7：05开始的《网中人》。

阿爸阿妈和叉仔一样开心透了，过去在深圳戏院看电影，里头一年四季如春，靠在软绵绵的皮椅上舒服得不想起来，不过票价太高，看一次要3角钱哦！只有香港人才看得起。从叉仔出生到今天，阿爸带可以免票的小叉仔在里面看过六七次电影，阿妈说宁可去新安酒家吃3角钱一碟的梅菜猪肉饭，吃饭比看电影要紧。去人民电影院才一角半钱一张电影票，带上免票的叉仔划算多了。只是长高的叉仔得买半票了，前不久进场看电影，叉仔缩成了虾米干怕过了那根儿童购买半票的杠杠，如今连晚上睡觉都缩成一团，还抱紧自己的腿，怕一不小心腿儿自己长长了。

家里有了彩电的第一天夜晚，叉仔松开四肢睡成了一个"大"字，不花钱天天看电视，想怎么睡就怎么睡。

这天阿妈特别加了菜，还提前半小时吃饭，就为了看《网中人》。

不到半小时，叉仔巷的人家都知道叉仔家有部彩色电视机了。

能走后门买"傻猪肉"的阿黄和老婆来了，卖布吴嫂一家来了，最后六叔公也摇着大葵扇来了。叉仔阿妈搬出所有的小板凳和竹椅……

大家都喜欢上发仔哥（周润发）扮演的男主角程纬，面目清秀有型有款，连很少称赞人的叉仔爸都连声说发仔演得真好。可叉仔更喜欢扮演方希文的"嘟嘟姐"（郑裕玲），大眼睛小兔牙，他用手指捅捅自己鼓成面包样的小脸部位，学"嘟嘟姐"说小蝌蚪变青蛙皱鼻子鼓腮帮的古灵精怪模样。

廖伟雄演的"阿灿"很搞笑，偷渡去了香港，干活打瞌睡，没文化还吹牛说学英文好似吃鱼蛋这么容易。看到他吃东西的饿鬼样，一屋人大笑都说叉仔的吃相十足"阿灿"，所以叉仔很讨厌"阿灿"。

叉仔写日记，脑子里满满的《网中人》——

今天，我们第一次在家里看电视，彩色电视机是香gang（港）jiu jiu（舅舅）送给我们的。《网中人》太好看了。

香gang（港）的高楼太高了，方希文的家太好了，shui（睡）觉的房间有高衣柜，衣服比我们一家人都多，心情不好穿男（蓝，错别字）色，心情好穿红色。房里有卫生间，比叉仔巷附近没有门没有间隔只有一条长坑的公ce（厕）好。

我想去香港玩玩，阿爸说发梦吧。

　　刘老师在班上读出叉仔的日记，这才是叉仔最最高兴的。

　　不过有一天，叉仔爸突然神神秘秘把电视机抬到睡觉的屋子，还把天台的天线收起来了。看电视的人来了，叉仔爸说电视机坏了，不能看了。

　　原来，阿爸听到内部消息说不准看香港电视，还说要拆电视的鱼骨天线，大家佩服叉仔爸消息灵通。他们不知道叉仔和阿爸偷偷捧了饭碗在藏了电视机的屋子吃，一手饭碗一手把着小小的天线转来转去，电视机只有声音没有画面，满屏雪花闪动，有比没有好。

　　没多久，叉仔爸又把电视机抬出厅堂，光明正大地看香港电视了。

　　从此，白兰树下的夜晚静悄悄了。每天晚饭后，叉仔家那部彩色电视机面前坐满了人，有时候叉仔爸下班晚了，捧了饭碗边吃边看。

　　渐渐地，附近小巷没有电视机的都各自带凳子到叉仔家追看《网中人》。

　　这时候，电视里的程纬和方希文好了，一起跑步一起办电影杂志还一起玩。这天他们玩着玩着就高兴得你抱我我抱你，两个人的嘴巴黏在一起。

　　电视机前的大家看着镜头瞬间静得有点出奇，叉仔一看这两个人好像在抢什么好吃的东西，不禁拍手大笑：吃面包！

这下像扔了颗手榴弹，所有人惊诧地转头看叉仔，猛醒过来的阿妈一巴掌捂住叉仔。力度有点猛，叉仔的眼睛、嘴巴都斜了。

后来，每当可能发生这种情况之前，阿妈都碰碰叉仔。如果他不自动闭上眼睛，脑壳就会吃上一"啄"。

每天叉仔早早做完功课冲完凉就追看《网中人》，阿妈每周看大舅带回来的剧情介绍，饭桌上不离《网中人》。原本安排程纬与欧阳佩珊扮演的区晓华成为一对，观众要求程纬与方希文在一起，最后程纬和方希文才真成了一对。

剧情发展到40多集时，来叉仔家看电视的没几个了，家家户户的天台或阳台都竖起鱼骨天线，十字街各家各户有了自家电视机，抬头便是一片"鱼骨"丛林。

五、舞会

　　明天就是1980年，工人文化宫今天会举办新年舞会。

　　四眼仔从1969年来深圳，至今10年，没听说过"新年舞会"。他参加过学校宣传队跳过"忠"字舞，还在井头冲凉模仿《网中人》摇摆过……

　　跳舞！心痒痒的他在脸盆架前对着壁上的方镜子，工友说他长得像香港歌星罗文，左看右看五官端正的自己，越看越自傲，上个月拔的白头发又长出来了，才二十出头，白头发稀稀拉拉夹在黑发里，看起来老了10岁，白发是四眼仔心里的刺。

　　四眼仔在白兰树下找到了叉仔。

　　太阳明朗，一点也不冷。叉仔正拧了虎仔的猫耳朵趴在石壆上，想给它冲个凉。水还没浇到猫身上，它就箭一样射到了树上，坐在高高的枝丫上不紧不慢地舔，从脖子到脚丫脚趾，一点不漏地舔，还冲着叉仔一甩，把讨厌的水滴还给了叉仔。

　　四眼仔哈哈大笑：好蠢！

　　叉仔已经知道"天跌落来当棉被盖"的天不会掉下来，掉下来的是陨石，书上说的。

阿妈让自己提水桶去四方井冲凉，阿爸讲自己"大个仔"，要懂事了。

他在外面疯玩碰个淤黑肿胀，自己痛得龇牙咧嘴都不喊一声"疼"；刮风落雨后，知道和家姐拿个铁钩去钩枯枝，去河沟捞水浮柴；每个星期天都跟阿妈和家姐去梧桐山或者清水河附近的山头砍柴割草。他还和大番薯、豆豉去附近山岭摘岗稔（一种野果）拿去圩市卖，最多那次卖过1角7分钱。

有一次在草丛看到竹叶青蛇，年长他半年的大番薯都吓得倒退几步，他见过六叔公捉蛇，就脱了裤子，用裤头笼盖了蛇，轻轻包裹起来两头扎个结，把蛇抱到蛇王满的家。蛇王满给了他整整3元钱，他长这么大从没拿过超过1元的钱。现在阿妈每个月多给的5角零用钱，他都塞进猪仔罐。

四眼仔一把搂过叉仔，说带他去工人文化宫游泳！去大球场看电影！看文化宫的象棋、篮球、乒乓球比赛？要不去划船？

叉仔：我"大个仔"了，自己去。

叉仔和大番薯、豆豉不知道去工人文化宫玩了多少回了，走深圳一圈不用半小时，闭了眼都知道路，还要人带？

四眼仔低头伏在叉仔耳朵上说"重大机密"，说了好一会儿，叉仔吃惊地眨眨眼睛，也仰头踮脚拿着四眼仔

的耳朵说了什么，四眼仔点头，叉仔咧开嘴笑得好像一
朵花……

叉仔一根根拔去四眼仔头上的白发，美滋滋地想着四
眼仔鼓捣出的那个梦：火车站很多单车仔，拉一次客到坪
山十多元。四眼仔教叉仔学踩单车，以后借叉仔爸的单车
拉客，拉几次就有叉仔爸一个月的工资了。

……

新年舞会并没真正的舞厅，工人文化宫职工招待所的
餐厅收拢了大饭桌，椅子靠在边上。中间空出比篮球场还
大的地方，地面还撒了一些滑粉，餐厅四边墙壁吊挂着一
串串彩色的小灯泡和一些彩色的纸飘带。

小灯泡突然亮了，不是一盏，是无数齐齐眨闪的灯
盏，那一簇簇小草小叶小花蝴蝶忽远忽近，忽东忽西，忽
明忽暗，忽红忽绿，它们在舞场里淘气地捉起迷藏，是真
是假？叉仔东看西看不禁张开嘴，太像自己做过的一个
梦，追赶一群菜地里的蝴蝶，追着追着扑腾扑腾也跟着上
天了。醒了的他还是紧闭着眼，枕在蝴蝶的翅膀上怕睁开
眼会掉下来。

眼前是真的，睁开眼睛不会消失。

厨房出菜窗口前面摆了一张桌子，占据半张桌子的
三洋收录机响起舞曲，有懂音乐的惊喜大喊《蓝色多瑙
河》，有人的嘴巴一张一合"碰擦擦擦碰擦擦……"

舞场空空，大人们嘴巴动动又冷了，迟迟不见上

场人。

四眼仔穿得很时髦，喇叭裤、黑条纹衬衣，还有大波鞋，早已耐不住的腿也一晃一晃了，可仅仅落在场子边。他和几个后生互相怂恿，做进场的样子。

随意穿着人字拖或凉鞋的叉仔和大番薯、豆豉，从没见过满地的白滑粉，忍不住伸腿一擦一拭。叉仔用了一点儿劲就滋溜滑出去了，成了第一位舞者，六七个孩子也笑闹着一溜进场了，滑冰场一样的滑，滑着滑着蹲下成了一列列车。前头的叉仔自创成火车头，牵着拉着这人造专列滑出去又滑回来，一圈又一圈好玩极了。

四眼仔他们也进场了，一堆男的来了，男的和男的跳。一堆女的也来了，女的和女的跳。互相搂了肩膀，懂跳带着不懂跳的，越不懂越是低头看脚尖，磨磨蹭蹭不时踩别人一脚，也不管它三步还是四步，错了也没有多少人清楚。

叉仔们放开了追逐嬉笑，两条腿一会叉开像个圆规，一会曲起蹲下像只蜗牛，远远看去更像一伸一缩的一群小菜虫。

追追打打，叉仔出了一身汗，连头发都湿哒哒的。他高兴得不知道天南地北了……

音乐戛然而止，人人都成了惊愕的木头。

"不准开舞会？"

四眼仔他们缓缓退出舞场，舞场边的人也从椅子上站起来，看着那扇半敞开的门。

"出什么事了？"有个穿蓝衣服的人，走向摆放收录机的桌子。没有人说话，好像真有事情了……

一个瘦小个从卫生间跑出来，一只手摇摆着，一只手扣裤纽，慌慌张张跑到收录机前，伏在上头听一会儿再摇一摇，不知道弄了什么按键弹出一个小匣子，扯出一团黑褐色乱麻般的录音磁带。磁带卡了，废了，《蓝色多瑙河》没了。

瘦小个对着蓝衣服无奈一笑：主席，卡带了，不能放了，不过有一盘的士高录音带……

"的士高！""的士高！"围着收录机的人尖叫起来，"的士高"一声接一声传下去，整个舞场传着传着就滚滚烫烫了，蓝衣服拍了瘦小个一下……

瘦小个一按"play"，轰地一下"的士高"响了。这"的士高"舞曲吼得似狼嗷，不知道英文歌唱什么，只知道耳朵震聋了，四眼仔他们抢头跳了进场，没规没矩，自扭自蹦自己跳自己，天生都会跳，还一个比一个来劲。

人太多了，叉仔们被放录音的瘦小个撵到场外了。

他们成了看客，看着看着哈哈大笑，这些大人胳膊贴胳膊，屁股一扭就扭到别人身上去了。

从来不爱说话的豆豉瞪着眼：丑！

叉仔抬眼看看：哈哈！

跳得像头疯牛的竟然是四眼仔，他蹦得太猛束缚在喇叭裤里的黑条纹衬衣都跑出蔫乎乎的半截，吊在屁股后似飘了半截尾巴。

模仿力特强的大番薯跟着录放机的旋律胡乱唱起来：多过八粒多过八粒……

他们嘻嘻哈哈唱上瘾了，一路回家依旧唱着那不知道什么意思的"多过八粒"。1979年就这样在"多过八粒"里过去了。

没几年，"的士高"在国内的各大跳舞场所铺天盖地流行起来。叉仔上大学的时候，才知道童年这句"多过八粒"是风靡欧美的"的士高"名曲里的一句，曲子来自美国明尼阿波利斯市的"Lipps Inc"乐团。

第二章

红鸡蛋猪仔罐梧桐山

一、偷渡

叉仔的猪仔罐，终于在8岁这年敲破了。

8岁生日那天，他乖乖地坐在饭桌边等待着阿妈煮的红鸡蛋，以前只有1个，阿妈说加了工资，今年生日的红鸡蛋也多加了1个。

阿妈笑眯眯说着每年生日都说的那些"大吉利是"的话，还说8岁了，"大个仔"了，快长高大啊！

阿妈赏的2元钱，叉仔放进自己的猪仔罐。

叉仔吃得猴急猴急，那一口没下去这一口又进来了，嘴巴鼓成了一个包。

阿妈急了：冇人同你抢！

两个蛋差不多就剩下蛋壳的时候，他的眼睛亮了，他的猫虎仔高高地竖起尾巴在门框边蹭来蹭去，圆溜溜的猫眼还冲他眯了一眯。他把剩下的一点蛋碎末放在猫嘴边，巴掌被猫舔得好痒好痒的时候，他仰头笑了，不经意看到门边墙壁上的一道道量高杠杠。

他一屁股弹起靠着墙壁，抠出砖头缝里的铅笔，在横过头顶的巴掌上划拉了一下，五六条杠杠的上方生出了最新的线条——叉仔充满期待的8岁杠杠……

仅比半年前高出指甲那样一点点？他泄了气，呆看着什么。

已经长成大猫的虎仔，扭了扭流线形的脊背，披着一身老虎纹的皮毛，慢悠悠地摊开了自己，从脚爪至颈脖一点点地舔，舔出属于大猫的无尽骄傲。还就势翻身，后臀拱起前爪弯弓，贴着地面优雅地一伸一趴……

他木木地看着猫，大拇指和食指掐着自己的耳垂在想些什么，忽然身子被谁推了一把，回头一看，比自己晚出生7天的大番薯笑嘻嘻地叫：返学啦！（上学去）

上学路上，他们边走边玩，一起爬树捅蜂窝。可叉仔走着走着停下了，瞪着大番薯，他发现自己只到大番薯的下巴。他皱了皱鼻子对大番薯说：我要高过你！

他脑子里好像有一根鼓槌，捶打出许多自己长高的奇思妙想。他成了跳高迷，课间休息的10分钟也跑到操场的沙池跳几杆子；晚上睡觉把手脚伸开成一个"大"字；还莫名其妙踮起小脚尖像一只猫那样轻轻地颠着走……

中秋过了，国庆也过了，长高了没？

这天中午，叉仔放下书包又靠在墙壁量身高，仅仅高了指甲那么点儿，他气得踮起脚尖再量一次，看着足足高出5厘米的铅笔杠杠，笑了。这时，他突然听到阿爸和阿妈房间"啪"的一声，什么东西塌了？他的脑袋刚要探入没有关紧的门，一句"叉仔爸冇知道"惊得他赶紧缩在门后。

阿妈让屋里人不要慌，叉仔爸去广州出差，一周后才回来，屋里人的声音变小还有点诡秘。

叉仔蹑手蹑脚猫腰眯眼贴在门缝上：呃呃，家里最豪华的，爸妈结婚时购置的一对藤椅，有一张坐塌了。

屋里有阿妈乡下山厦村的六七位亲戚，小姨小舅舅都在。

叉仔突然想笑，他们头碰头挤挤挨挨坐在床上叽咕，太像白兰树后那垄阿妈种的冬萝卜……他捂着嘴，听到说"督卒"（偷渡）去香港，脑子一想，就是罗湖桥深圳河对面的那个香港，大舅带回彩电和瑞士糖的香港，《网中人》里有很多高楼的香港。

他一头撞进去：阿妈，我要去！

屋子里的人愣住了……

小姨斜了他一眼：细蚊仔去做乜嘢（小孩去干吗）？

叉仔爆开喉咙：玩！

小舅舅突然压低嗓门：玩你个头！

阿妈冲过来把他拉出房间：冇得去。

叉仔：你去我也去！

阿妈：好危险，会死人的！

叉仔愣怔了一下，想起什么一把扯着阿妈的手臂，支支吾吾说不准阿妈去香港！

阿妈：你天天吵着要球鞋和瑞士糖，我去香港就买啦。

叉仔摇头：唔（不）准阿妈去死！

阿妈气急了：衰仔！听话！

叉仔瞪眼犟脖紧紧抱着阿妈，不让阿妈走。

房间里的人相继跑出来，数落叉仔不听话不懂事，阿妈急得举起巴掌：我打你！

叉仔：老师讲打人犯法要坐监！

阿妈拽开儿子的手：我唔要你了！

叉仔梗着脖子眨巴着眼睛：你唔要我，你就冇仔啦！

阿妈被呛得说不出话，扬手就是一巴掌。巴掌落下时，叉仔身子一缩泥鳅般滑走了。阿妈连抓几把都逮不住，只有跺脚骂"衰仔"，小舅和小姨一阵风似的追出门外，叉仔没影了……

叉仔气喘吁吁钻进凉茶铺，和六叔公一五一十说了阿妈她们要偷渡的事。

六叔公端出凉茶，让叉仔喝顺气了，才一起回家。

家中已经空无一人，锅里也没有往日的饭菜，六叔公默默盖上了锅盖。叉仔急了，冇头乌蝇（没头苍蝇）那样撞个不停，找遍了房间、天台，阿妈真的不见了。

叉仔的眼睛本来不小，这下瞪得像两只大灯泡，就差爆炸了。小小巴掌先握成了拳头，后来想到什么，跑到自己的席子下拿出一副弹弓，把石仔蛋蛋压进弹弓皮里。

他四处张望叫着阿妈，手里捏紧裹在弹弓皮里的那颗石仔，随时准备射出去，急急慌慌也不知道自己要射阿妈是山厦村的亲戚……

六叔公不慌不忙把他的手指掰直了，把弹弓压进口袋：你香港的大舅也在吗？

六叔公一听说没有，就牵着叉仔去邮电局打香港长途电话，让大舅赶过来……

六叔公带叉仔在新安酒家吃了一碗梅菜猪肉饭，叉仔大口大口囫囵吞，脑子想着阿妈说不要自己，喜欢的肥猪肉都吃不出香味，还呛出了眼泪。他用力咳了几下，咳着咳着却哽咽成了一串"呜呜"：阿妈……呜呜，冇要我啦……

六叔公不急不慢拍了他的肩膀一下：大个仔啦，先去上课。

叉仔背起书包慢腾腾走几步又回头嘀嘀咕咕像蚊子叫：阿妈……

课堂上老师说什么？他耳朵里面堵着"阿妈"这只蚊子，老师的话就水过鸭背一点也没留下。

最后一节是喜欢的体育课，他逃课了。

他冲进家门就大叫阿妈，家里没有阿妈，眼眶红红的家姐凤娇一面抽泣一面听从香港赶过罗湖桥的大舅说话。

六叔公走过来拍拍杵在门边的叉仔，悄悄用嘴形说"大个仔"。叉仔的肩膀被六叔公一拍，顿时觉得自己长大了，默默点头学着大人挺直腰杆坐在家姐身边。

大舅给他们看特意从香港带过来的报纸，港英政府宣布所有于"1980年10月23日或以前，任何非法进入港境之中国内地人士，皆可获准于1980年10月24日至1980年10月26日报到及登记申领香港身份证；但凡于1980年10月24日或以后非法进入港境之中国内地人士，将予即捕即解"。

过去，任何内地非法入境者，抵达香港市区可获港英政府准予居港之权利；任何内地非法入境者，于边境地区被截获将即捕即解。如今只要26日前去报到登记就可以领取香港身份证，过期不办。

时间还剩下2天了，难怪小舅小姨急急忙忙赶到深圳鼓动阿妈去"督卒"。

凤娇又抹了一把眼泪：我同学的阿爸去偷渡浸死了……

大舅边叹气边拿出一包香港纸巾让凤娇擦眼泪。

那个阿爸死了的同学，他妹妹就是叉仔的同桌。她外号叫"木头人"，整天呆呆坐在位置上，不笑不说话。

凤娇泪眼汪汪看着大舅：除了舅父，阿妈冇香港亲戚……

大舅叹气怪自己没有说真话。他在香港近10年抬棺材、打泥水散工，运气好天天搏命时挣钱多，一个月有500至1000多元，比深圳多可消费也比深圳高好多。他没钱娶老婆买房子，和别人合起来在山边盖了间木屋。二舅比他更差，租住笼屋，笼屋其实就是一个全部家当都堆在里头的床位，脚都伸不直的笼子。三舅的情况好一点点，可还是打工仔。香港人讲现实，兄弟姐妹都留食不留宿……

叉仔：希文住的房（《网中人》女主角）好大好靓！

大舅愁成了苦瓜脸：靓？香港地有几多方希文？几多人住山顶豪宅？大多都像我，冇钱娶老婆，你们要来就来，在我的木屋打地铺……蛇头"搲命"（要命）要"磅水"（给钱）才放人，每个人多则五六万，最少要一二万，六七人合起来最少都要十多万。我打一份"牛工"，一点积存买了间二手木屋，剩落冇三万，唉，"揸枪"（拿枪）抢银行咩……

深圳就一个巴掌大的地方，阿妈能躲到哪里？叉仔和家姐都说要找阿妈。

六叔公说他们一定还在深圳。

偷渡的人都是半夜走。大舅说当年"督卒"，从山厦走铁路到罗湖和平路穿窿桥附近，轮流蹲在汽车站、新安酒家、工人文化宫的厕所、蔡屋围的纪念碑和没人的树丛角落，傍晚在深圳戏院连续看两场电影就10点多了；看完电影找地方吃夜宵，腰包里有多少钱就吃多少，直到半夜才溜到黄贝岭附近的国防公路，路北是梧桐山，路南是已经干枯成草沟的小界河，爬过去翻过一人高的铁丝网就是香港新界……

叉仔跟着六叔公，凤娇跟着大舅，赶在天黑前分头找人。

六叔公带着叉仔从十字街开始找，一直找到工人文化宫，连公厕都看了，最后到了蔡屋围附近的烈士纪念碑。纪念碑的石阶上坐了三三两两的人，六叔公扫了他们几眼，悄悄告诉叉仔，这些人不像本地人。

一老一少匆匆赶往文锦渡。

天色开始隐约晦暗，有一丝奇幻的橘红夹在黑灰混杂的云里，人脸涂上薄薄的一层灰雾，货车卷起泥尘缓缓撒开落下如一张灰黄的网，人和路都不知不觉被坠落的暮色网住。

离文锦渡还有一段路，他们坐在路边的石头疙瘩上歇息。叉仔掰着揉着走累走疼的脚板，眼珠子依旧左溜右溜四处看。不远有部车篷晒得发白的旧吉普车，车门凹了，车壳布满稀烂的泥巴花，这是负责堵截偷渡的指挥车。车上有个大喇叭在播放深圳市堵截外逃盲流的通知：深圳边界大放口岸是谣言，请大家不要听信谣言……

谁在喊？一个哑哑的声音在大喇叭的声浪里浮来浮去，接着车上走下来一个穿着解放鞋的人。

六叔公走过去。

他们不知道说了什么就哈哈笑，六叔公还大声说：“哎呀……又瘦了！剩三两肉了！变‘猴哥’了。”

震耳朵的笑声很熟，七叔公？摆弄脚丫的叉仔停住了，前些日子听阿爸说七叔公紧急调到堵截盲流办公室担任副总指挥了。

他抬头一看，走过来的真的是七叔公，更黑更瘦了，手里拿着一个军用绿色水壶和半包切片面包。他问叉仔：饿不饿？渴不渴？想阿妈了？

七叔公蹲下来，叉仔不知道为什么会突然张开手，猝不及防地抱着七叔公的脖子哽咽了：阿妈走了……

七叔公搂过叉仔摸了摸孩子的脑勺。

叉仔掰开七叔公的手：我冇阿妈了……

七叔公左一下右一下揩拭叉仔的泪：叉仔……冇流"马尿"！

叉仔挣开七叔公的手，使劲用手肘手背擦去满脸的泪：七叔公，我大个仔！我冇流"马尿"……

七叔公和六叔公说，这些日子不少人听到港英政府即将实行"即捕即解"的消息赶来偷渡，晚上深圳河边界文锦渡一带都很乱。

叉仔皱起眉头：我好想阿妈……

六叔公拍拍叉仔肩膀。

叉仔：七叔公，帮我揾阿妈。

七叔公点头：吃饱先有力揾阿妈（吃饱了才有力找阿妈）……

叉仔拿起七叔公给的面包片大口大口吃起来。

天完全黑了，吉普车"突突突"往文锦渡去了。

郊外泥路两旁的水田不时传出蟋蟀的叽叽叫，黑夜掩盖着许多四通八达的小路，以及被小路切割成一小块一小块的稻田。黑夜一会儿静默无声，一会儿窜出不明生灵的丝丝叫。

黑洞洞的天和地，除了黑还是黑别无其他，叉仔四处张望，心慌慌绊上个凸起的小土堆，跌倒了……

六叔公背起叉仔往家的方向走。

叉仔趴在叔公的背上，贴着暖暖的后颈窝，走着走着竟然差点睡着了。身子似乎一坠，朦胧中似有阿妈的味道，他眼皮一下弹开了，迎头碰上的人还不太多，三三两两结伴成行，窸窸窣窣地往文锦渡的方向赶去，但并无阿妈。

六叔公去机械厂公厕解手，候在大树下的叉仔突然打了一个激灵，闻到阿妈的味道！之前阿妈帮六叔公晒草药煲凉茶，还学六叔公熬制混合了艾草和松香等多种草药的药膏，这晚阿妈一定涂抹了不少防蚊虫叮咬的自家草药膏，特别的浓浓的混合香味和风一起飘。

阿妈在哪里？

叉仔躲到大树后，小心翼翼地嗅着找着，微风轻拂影影绰绰，几步之外的稻田有个大禾秆草堆……他猫起身子慢慢移近那群或蹲或站的人。斜斜靠在禾秆草堆旁，两手抱着肩膀的人好像是阿妈！

他鼻子一酸，狼崽子一样嗷嗷叫着猛扑过去，抱着阿妈死活不放。

……

厅房有一盏从楼板吊落的灯，灯下挤满了脑袋。

阿妈和山厦村近10位亲戚紧紧围着大舅，叉仔无论如何也不肯睡，他和家姐坐在阿妈左右。

大舅说了自己在香港的境况，近10人，蛇头最少都要20万，他没有这个钱。

灯下低垂的脑袋一动不动。

终于，小舅闷声说：办香港身份证剩下最后2天，想搏一搏，不搏就没有了。不想天天吃番薯饭，人家香港人吃牛奶面包。

阿妈突然抬头看着六叔公说：人家香港六七百元港币一个月，自己36元，就算这个月开始发的特区补贴，半年都没有他们一个月的工资高。

叉仔眼巴巴看着六叔公，不准阿妈他们"督卒"！六叔公没有说话，只是桌子上的茶杯拿起又放下了。杯子没有水，叉仔赶紧把自己面前盛满水的杯递给六叔公，还瞪眼示意快劝劝阿妈，六叔公始终没看叉仔。

阿妈：屋又旧又漏雨又冇够住，去香港搏点钱，加高一层……

叉仔一想事情就摸捏自己的耳朵，摸着捏着想着，站起来悄悄走了。

阿妈：凤娇要考大学借钱补习，去香港冇使（不用）3个月就挣返来了……

凤娇慢慢抬起头说：不考了，不少人去了合资企业，工资有200多元，有同学串胶花或珠仔，一个月挣100多元帮补家用……

凤娇话音没落，叉仔跑出来了，二话不说把手里的猪仔小钱罐放在桌上。大家正吃惊时，他双手捧起瓦罐重重一撞桌子，"嘭"的砸成两半，纸币、硬币的一分钱、两分钱还有两角和五角，全是叉仔从出生到现在的"私房钱"。他偷偷用小铁线挖出过一分五分也就两三次，说过要最最紧要才砸开的。

叉仔瞪着阿妈：修屋够唔够？唔够，我都会串胶花……

阿妈的喉咙似乎被捅漏了，咕噜噜说不出话。

六叔公搂过叉仔轻轻说：够了……

六叔公转头和屋里人说，鸭仔街的陈伯，十多年前移民去英国接家产，现在回来办制衣厂需要很多工人，说工资最低都有200多元，加班会更多……

小舅眼睛一亮：真的？

六叔公点头：还有胶花厂、夏巴汽车厂、乌石古石场都招人，美国百事可乐也准备和饮料厂合作……

角落里的几个人悄声说：就剩两天，博一博？

谁也没有注意虚掩的大门开了，从工人文化宫学完英语回叉仔巷的四眼仔，无意瞥见叉仔家的灯光。他知道除了大年三十的夜晚，叉仔巷的人家不会这样亮灯，有事！好奇的他悄然推门进屋，随意坐在边上……

六叔公看了他一眼。

小舅摊开桌面六叔公的南雄烟丝，卷了两根喇叭烟，一根叼在自己嘴里，一根递给六叔公。他划了火柴先给六叔公点烟：进厂也好，"督卒"去香港工资更高，怕就怕万一……

屋里的人都在纠结"博唔博"。

小姨偷看了六叔公一眼也插话了：我们村阿松说，他们宝安养殖场走了男男女女几十个广州知青，都是后生仔。

有人附和：走就趁后生（走就趁年轻）……

有人嘀咕：后生冇走就冇机会了。

角落里的四眼仔瞄到了那包烟丝，伸出手时，听到六叔公喊自己的大名：王大明，你们宝安养殖场200多个知青，"督卒"走了几十个？

四眼仔嘻嘻笑着点头。

六叔公：你做乜嘢冇去（为什么不去）？

四眼仔摇头：我要去早去了，前几年陆续走时，冇知道知青有回城的一天……现在我进厂了，六叔公，切，问我？六叔公你自己冇走？

六叔公吧嗒了好几口烟，低头想了一会儿抬起头：是啊，冇想过……

没想到叉仔突然说话了：你走过！七叔公来学校讲课，讲你们一起逃过罗湖桥的！

六叔公愣了愣，想起什么连连点头：1938年的事情了。那年日军在大亚湾登陆前，飞机炸了深圳墟，十字街好多店铺都毁了。香港报纸一报道日军登陆大亚湾，一家人连夜"走日本仔"，沿着铁路一直逃，过了罗湖桥到香港新界，人多得只有睡街头……

六叔公又说起1941年12月香港沦陷的事情：冇米吃，日本仔就到处抓人赶到西贡山窝，十有九死，冇希望又逃返深圳。来来回回"走日本仔"，有脚的都走……

六叔公：今日最差都比以前好几百倍，见多了就冇想走。

阿妈：在香港打工挣钱返深圳用，好划算！

六叔公想到什么，问叉仔妈：走的人多还是留的人多？

叉仔眼睛一滴溜儿，自己二（2）班的同学总数减去家里有人走的同学人数，他举起手叫：留的比走的人数多。

阿妈不吭气了。

小舅犹疑着说：入得厂我就唔走了。

……

这个夜晚，山厦村的亲戚都住在叉仔家，叉仔、凤娇和阿妈睡，睡前叉仔一遍又一遍要阿妈保证不"督卒"。

半夜，叉仔突然闭着眼睛，两腿不断抬起落下，接着坐起拿着枕头反反复复拿起又放下，被惊醒的阿妈搂住叉仔问做噩梦了？叉仔浑然不觉，她赶紧轻轻拍着儿子肩背，直到他安静了。

不一会，阿妈朦朦胧胧觉得有动静，伸手一摸，身边没人了，叉仔干什么去了？

从厨间、冲凉房到门角落都没找到人，却听到瑟瑟的声音。寻声而去，没想到叉仔蜷缩在上天台的楼梯死角。往日虎仔最喜欢在这里上上下下地跳，猫在哪？"喵喵"乖巧地趴在叉仔怀里，人和猫似乎在说悄悄话，尽管夜深人静却听不清叉仔喃喃自语些什么，那猫倒是舒服得呜啦呜啦的声声回应。

叉仔怎么啦？猫一见阿妈"嗖"地跳走了，叉仔也含糊不清地咕噜起来。

阿妈近前一看心沉了，这不是"失魂症"吗？儿子眼睛半睁半闭半醒半睡，阿妈又惊吓又心疼又悔恨，搂紧叉仔手足无措地呢喃着……

阿妈把叉仔搀回屋里，还好，儿子渐渐安稳了，像什么事情也没有发生一样。阿妈翻来覆去一夜不眠，天刚蒙蒙亮就出门了。

第二天清晨，叉仔睁开眼睛一看旁边空空，立马跳起大叫"阿妈"，冲出房间正好碰上小舅，他天崩地裂那般一头撞去：赔我阿妈！

小舅一脸懵懂左闪右避：黐线……

小舅话没落音手背就被叉仔一口咬住，他一把推开叉仔，旋即扭转叉仔胳膊交叉在身后，叉仔连跺脚带跳：赔我阿妈！

阿妈和六叔公进屋了。

小舅甩开叉仔，一把将手背上的几个牙印晾在他们眼前：癫了！

叉仔扑过去搂着阿妈死不松手，阿妈连声说不去"督卒"了，他总算安静了，阿妈问起夜里的事情，他却一点也想不起来。

阿妈忧心忡忡看着六叔公：你看……

六叔公给叉仔把了脉，说不要紧，喝几天"定惊"茶会没事……靠在阿妈怀里的叉仔，迷迷糊糊又睡过去了，累，累得昏沉。

那天半夜小姨和两个山厦的人还是走了，六叔公说这几天去桥边看看，若看到他们就去领人吧。

……

几个月后，叉仔家筹划改建旧屋。

六叔公拿出2000元，七叔公拿出3000元的补发工资，香港舅舅们拿出5000元，叉仔家也掏出了这些年的存款，一共凑了15000多元。

这段日子，叉仔一放学都赶紧回家。

他和家姐、阿妈一起刮削老屋的旧砖，去了旧灰沙能顶新砖用，能用就用，能省就省。叉仔心情特好，刮着削着就明知故问：我猪仔罐的钱算上了？

阿妈和家姐都笑眯眯着说当然算上了，叉仔在自己的日记写：我们全家都为建新屋出大力。

两层半的新房建好了，叉仔带着猫跑到顶楼的天台，一眼看去高出了许多人家，连新安酒家和深圳戏院都看得清清楚楚，猫也是跳上跳下，还在墙角和柱子脚撒尿，最后四脚八叉摊开晒起了太阳。

这天放学回家，叉仔一进门以为走错了家门，往日新屋配的还是原版旧破小竹椅小板凳，看上去一屋子空空洞洞。这下厅里摆着一长两短的木质布艺沙发和小茶桌，让人感觉厅堂满了。

他的虎仔好像一枚大印章摊开在沙发垫子上，他噗嗤乐了，猫也乐乐地拱起腰身，前爪子搭在沙发靠背挠啊抓啊，还"喵喵"了几声。

叉仔一屁股坐在厚厚的大横条纹布垫上，软绵绵的好像一堆刨花，不过比刨花柔软多了。叉仔拉开了垫子的拉链，琢磨来琢磨去，按下又弹起的是什么。

阿妈和阿黄嫂吭哧吭哧搬了张"四不像"进屋。

叉仔撅起屁股又弹了两弹："棉花砖"好！

阿妈大笑：棉什么花砖？海绵！

阿妈边把"四不像"推进叉仔房间边说：你有沙发坐了。

他跑进自己的房间就看到一张"新"书桌，桌面一道道旧痕迹和破损，哦噢，再瞅着搬进屋子的"沙发"也是奇奇怪怪，坐垫连着脚，只是那脚被锯断了，所以脚下面还得垫起板凳，叉仔看出是从汽车拆下的座椅……

这些日子阿妈好像吃了迷魂药那样，总说渔民村又来了多少香港的旧家私，好便宜好便宜。

叉仔喜欢汽车，可不喜欢车的"沙发"。阿妈一屁股坐上去，颠了颠，一脸笑：五成新，很便宜才5蚊鸡（5元）……阿仔，你唔要阿妈要！阿妈一世人都冇坐过"沙发"。

说着，阿妈两手按着"沙发"压了压，笑了。

香港淘汰的旧家具陆续充实叉仔家的新房子。

这是叉仔巷第一座旧屋改建的新屋。从改建那天开始，天天都有串门的邻居，上上下下地看和出主意。改变最大的就是在冲凉房的后头挖了个化粪池，冲凉房加大了，多了个蹲厕，一家人"方便"时就不用穿过好几条小巷去公厕了。

接着，改建旧屋成了一股风，除了六叔公的房子保留原样，叉仔巷的旧屋都改造一新。不无例外，家家都会挖个化粪池。

叉仔家天台还搭了半边房，天台半边房住了山厦村的亲戚。那天准备"督卒"没走成的，还有后来到深圳找工作的都住进叉仔家，大多暂时住两三个月，进了工厂有了宿舍就搬走。

除了香港人淘汰的二手家具，添置的新家具也很多。叉仔家褐色木纹防火贴板的方饭桌和"波板"凳，光滑漂亮还可折叠，正宗一手货，难怪大家吃饭不再跑到白兰树下了，而是规规矩矩坐在家里。阿妈说终于像一个家了，如果粮油不凭票供应就好了。叉仔插嘴：如果去香港玩玩就好了。

阿爸说他们做梦，不承想几年后就梦想成真了。

几十年后，退休的阿妈到处旅游，她和那些姐妹说当年幸好叉仔拦住自己没"督卒"，若去了香港不会比在医院搞清洁卫生的小妹好，"做死做命"几十年都冇一片自己的"瓦遮头"（房子）……

二、凤娇

凤娇出名了，粤剧团要招她当粤剧学徒，叉仔家不平静了。

凤娇去年高中毕业考大学差了5分，如今刚满20岁。小巷人家都说她懂事，是个好姑娘，没有和人红过脸顶过嘴。模样比现在粤剧团的花旦还俊俏，眉清目秀不说，一群人里面，凤娇的大眼睛最亮还特别有神。

粤剧团看上凤娇一点也不奇怪，这事情成了叉仔巷的轰动新闻。因为那些知青几乎天天在井头唱歌吹笛子，个个都报名考宣传队、话剧团和粤剧团，没有一个考上的。

剧团的人亲自上门做叉仔爸妈的工作，都无法说服他们同意凤娇去学粤剧。

这天，叉仔又在白兰树下"跳汗"。他的饭量近日大增，身子也往上蹿，先是和大番薯同等高度，没几个月就赶上了大番薯。不过身上有个地方会无缘无故的疼痛，他不知道为什么想到"跳汗"的方法，用力跳，跳出一身汗就好了。

喝了酒的阿爸也在四方井边说起凤娇学唱粤剧的事情，有人说凤娇学唱粤剧，有份工作不挺好的吗？阿爸说姓何的祖上有规矩，自己一百个不答应凤娇去演戏，饿死不卖相。

他不知道为什么要指着四眼仔几个知青说，他们天天唱有什么用。蛇头鼠眼三脚猫都去考，笑掉大牙。

这话可把几个考剧团不中的知青惹火了，你一句我一句吵起来了，竟然嘲笑叉仔爸"三寸钉"。叉仔爸个子不高，瘦是瘦点，可不笨，脾气本来很大，可在外头不轻易发火，平日你说他"三寸钉"不会吭半声，瘦小皮囊包裹的怨恨或愁闷化水而过。

但这天，他一拳挥向领头的四眼仔。

四眼仔的眼镜都被打掉了，瞎摸摸了一阵：你打我……

阿爸甩了甩打痛的手：就，就打你王大明……

叉仔知道打人不对，阿爸说过的。阿爸喝醉了，他连忙捡起眼镜交给四眼仔。

阿妈和叉仔把阿爸扶回家里，想把他扶到床上，阿爸突然睁大眼睛说自己没那么容易醉，就要打四眼仔。

假装饮醉酒打人？叉仔想不明白了。阿爸升为印刷厂副厂长，几个月前四眼仔不知道发了什么神经，送了一条红双喜香烟给阿爸，叫阿爸师傅，说自己想跳槽。阿爸领他到印刷厂看了一圈，后来，四眼仔又说学制版，阿爸说调过来再说……

阿妈突然笑了：我早就说教会徒弟饿死师傅，他要自己搞彩印厂！

阿爸一下坐起来：真的？

阿妈：鸡吃放光虫——心知肚明。四眼仔叫你两声师傅送你一条烟，他有什么"着数"？

阿妈突然伏在阿爸的耳朵嘀咕了一阵。

阿爸：四眼仔搞彩印厂！"打牙花"（吹牛）？有钱？

阿妈：你有香港亲戚，人家冇？

叉仔心想以前照相还要等大舅拿去香港冲印，现在深圳也有彩色冲印了，彩色比黑白相片好多了。

他说：阿爸，四眼仔搞彩印厂，好啊！

阿爸说：你懂乜嘢？读好书冇管其他事。

叉仔的虎仔突然一阵狂奔，冲上楼梯，叉仔也"喵喵"叫着跟上去了。

阿爸还在大声说：成日到处玩，猫都生性（懂事）过你！

叉仔在楼梯上扭扭屁股：你假装醉酒去打人！

阿妈挥挥手：两仔爷火星撞地球，一人少一句啦！

静了。

……

星期天，叉仔来到白兰树下。

这里成了一个繁忙的手工作坊和孩子的玩乐场。

大家手不停口不停，阿黄嫂那张嘴哗啦啦倒水一样说开了，不过她一眼看到叉仔爸的时候突然顿了顿，压低嗓门和吴嫂不知道说了什么，吴嫂连连说不会吧！

阿黄嫂故意提高了声音：在工人文化宫的露天电影场睇（看）电影！

叉仔爸问：边个（谁）睇电影？

阿黄嫂眨巴着眼睛又不说了。

叉仔爸很不屑地瞪了她一眼：喂！有头有尾，讲乜嘢（说什么）？

叉仔不知道从哪里钻出来：睇见四眼仔和家姐一起拍拖（谈恋爱）睇电影！

阿黄嫂有点慌张：人人都知他们拍拖啦，行得正企得正，唔怕雷公闪闪亮（人正不怕雷公闪）！

叉仔爸"呸"了一声，满脸不相信：冇可能！

叉仔刚要转身，阿爸就狠狠瞪着他，让他回家。

阿爸一到家就和阿妈说刚听到的事，阿妈骂他，自己的女儿自己知道，不听"八婆"讲鬼话。

阿爸点头了，回头问叉仔：你家姐呢？

叉仔说：家姐每天草草扒两口饭，就赶去工人文化宫办的英语班学习。

阿爸划了根火柴点烟，眉头紧皱在想着什么，烧手指了还不知道。

叉仔大叫"烧着了"，他才火急火燎连火柴带烟都丢了。

　　阿爸想到最后，要阿妈好好审凤娇，如果真同四眼仔睇电影，打断她的脚骨。

　　阿妈说好好好，凤娇回家就问清楚问明白，叉仔爸这才罢了。

　　以前吃完饭就让叉仔读报纸，这天阿爸却要和叉仔出去转转。这一转不得了，深圳戏院门前的小河围了数不清的人，挤进里头一看，污黑的小河沟里全是泥人一样的兵，大兵的半个身子插在又臭又污的泥巴里，挖的挖，扛的扛，抬的抬，硬是清走了那些多少年没有动过的淤泥。

　　阿爸问旁人是边防军还是工程兵？都说不清楚。

　　阿爸摆出一副见多识广的神情，七叔公说过工程兵的先头部队进特区了，这是工程兵清理我们深圳的"龙须沟"。说罢，他悠悠然然往前走，心里可得意了，要知道这十字街多了几间高级餐厅，叉仔爸眼里最高级的新安酒家，也比不上新餐厅。都有空调，桌子上铺着干干净净的台布。

　　走着走着，叉仔眼睛突然一亮，那是个什么东西？这个像间小房子的"箱子"面前，围了一大堆后生仔后生女，走前去一看，个个拿了张相片。

　　"即影即有"！叉仔班里的同学照过，他也想照一张。

　　阿爸笑眯眯：好！

　　叉仔爸16岁开始在照相铺学照相，后来调到印刷厂，从没见过这样新鲜的"即影即有"，这东西新奇，他走过去想细看。

叉仔突然拉了拉阿爸：家姐……

凤娇眉开眼笑和"箱子"在说什么，还舔舔手里的火炬雪糕。那雪糕的甜有多甜，看凤娇都融化成水的眼光就知道了。叉仔正要跑过去，里面的脑袋探出来了，四眼仔！原来他们一起照"即影即有"。

四眼仔看见凤娇的脸上沾了些雪糕，居然拿了一张香港人用的雪白纸巾递给凤娇，笑嘻嘻指着她光滑白嫩的脸，那眼光大胆地落在凤娇的脸上，看不够似的。

叉仔爸的眼睛看冒火了，不管不顾地走过去大声说：凤娇！回家！

……

叉仔爸气鼓鼓一屁股坐在沙发上。

阿妈说：街坊讲你同四眼仔拍拖？

一直不敢吭气的凤娇说话了：疑神疑鬼！

叉仔爸本来就不善言，一生气两只眼珠子一突一突的，像两颗即将发射的小钢珠。他脊背突然被打了一拳似的挺立起来：那个四眼仔，翻转猪肚就是屎……

凤娇知道这时候不能惹阿爸，赶紧给阿爸倒了一杯茶。

哐当一声，连茶带杯都被叉仔爸泼了，可见阿爸气成什么模样。

阿妈拿着暖水壶从厨房跑出来：火烧屋啦！发乜嘢火！

叉仔爸从椅子上弹起，冲着阿妈吼：一个女仔大街大巷同四眼仔动手动脚，羞家！

凤娇呆住了，不知道说什么好，往日阿爸气恼多半是叉仔调皮捣蛋，从没有骂过自己半句，更别说骂得这样难听。

叉仔突然面向阿爸举起右手：家姐冇拍拖！我保证……

阿爸：你保证？你保证做好功课！

叉仔被赶回房间做功课，不过他悄悄打开门缝看到了一切：

叉仔爸瞪着叉仔妈，摆出一副女儿是你的，与自己无关的怪模样，一口一个你的女儿，早说过要好好管你的女儿……

阿妈跳脚了，她也厉声数落四眼仔，什么面无三两肉还近视眼，听说家里姐妹多得像一级一级的楼梯，他还是北方人。她们肉菜市场有两个北方婆，就整天口舌之争，就怕他后面对你也"反骨"。

一直沉默不语的凤娇鼓足勇气看着阿妈：过了长江才算北方人，他阿爸是韶关人，阿妈是三水人。姐妹多有乜嘢不好？你成日讲我姐妹太少，出街吵架都输给人家。他学影相（照相）的时候，阿爸都讲他话头醒尾，醒目仔……他招工回城原来想到照相铺工作，可偏偏分在农机厂。他真的喜欢照相，他香港的姨丈答应出资，还和他洽谈好了搞彩色冲印。

"醒目！醒目过头就是反骨！他吃了你，你也蒙查查（犯迷糊）……"叉仔爸吼了一声。

阿妈：四眼仔叫你阿爸师傅，原来自己搞彩印厂抢你阿爸的公家生意！

"他原来想同阿爸一起搞彩印厂，可阿爸……"

"凤娇，以前你从来冇顶嘴，和四眼仔一走近就驳口驳舌顶心顶肺（吵架）……"

门缝后的叉仔在想家姐有没有和四眼仔拍拖。

四眼仔叫自己给家姐送过一封信，家姐当着自己的面打开的，只有一句话，叉仔念出大部分的字：世界上没有无"什么"无故的爱。

他问家姐那是什么字？凤娇没说就把信放在裤袋里。

他有一点点好奇，这是一句什么话？

他问老师，世界上没有无"什么"无故的爱。

老师说是毛主席语录"世界上没有无缘无故的爱，也没有无缘无故的恨"。

叉仔想，阿爸不让家姐凤娇混在白兰树下那群知青堆里，有好几回看见家姐坐在打开的窗子下，听白兰树下的知青们唱歌吹笛子。

家姐也参加了工人文化宫的英语学习班，和叉仔说过老师表扬王大明发音最准，每次考试都排在第一位，大家要向王大明学习。

……

叉仔竖起耳朵一面听一面想，四眼仔还带他的香港姨丈来找过阿爸，可阿爸说公家不搞这些。

叉仔突然走出来，一点也不含糊：冇吵啦！

他们停了五分钟，阿妈又开始说了，不过声音压得很低：凤娇，有毛有翼就学人反骨？

凤娇委屈极了：阿妈，我冇。

阿妈：你要阿妈阿爸还是要王大明。

凤娇：我，我冇……

叉仔似乎想到什么，扭头跑出门外……

叉仔和六叔公一起进屋。

阿爸：六叔，来得好，凤娇……

六叔点了一支烟仔，听叉仔爸妈说了一通就笑了：婚姻法都规定自由恋爱，你们让凤娇自己做主。

然后又看着凤娇说：父母辛辛苦苦养大你，听听父母的意见冇坏处。俗话说吃盐多过你吃米，行桥多过你行路。况且，你才20岁，唔好太早拍拖。

一番话说得凤娇连连点头。

六叔：阿爸阿妈或者有点误会，冇怕，如果王大明有拍拖想法，你就要讲清楚免得误会。

……

凤娇上床休息后，叉仔偷偷来看家姐。

叉仔：你同四眼仔拍拖？

凤娇摇头。

叉仔：上次四眼仔叫我送信给……

凤娇一把捂住叉仔的嘴巴：冇乱讲。

叉仔摇头：我冇讲，不过彩色比黑白好。

凤娇笑了：就是，谁想过搞彩印厂？

叉仔：你唔好拍拖。

凤娇皱着眉头：我冇拍拖。

叉仔：拍拖就要结婚，结婚了我就冇家姐了……

凤娇笑了：傻仔，我永远都是你的家姐！

叉仔掐摸了一阵耳朵：你想和四眼仔拍拖？

凤娇一脸严肃，沉默了一会才摇头。

……

几天后，凤娇真的想通了，她特意带着叉仔和四眼仔见面。

阿妈偷偷对叉仔说看住四眼仔，不准他拖你家姐的手仔。

这天下午，四眼仔王大明和凤娇坐在工人文化宫灯光球场的边上，叉仔好像一条界河坐在中间。

凤娇小心翼翼把"世界上没有无缘无故的爱"那信推给叉仔，叉仔再把信交给四眼仔。

凤娇低着头一声不吭了。

四眼仔果然聪明，滔滔不绝说知道凤娇的难，就当什么事情也没有发生过。不管她和她家里人对他怎么样，他什么都明白，他配不上她，就算以后她结婚了，他的心也不会变，一生一世也不谈女朋友了。四眼仔说的时候委屈但平静，一副说得到做得到的样子。

似懂非懂的叉仔突然觉得四眼仔啰里吧嗦，他捅捅四眼仔的胳膊：你有冇拖过我家姐的手仔？

四眼仔摇头。

叉仔：我家姐都冇拖你的手仔。

四眼仔想说什么，叉仔却拍拍屁股站起来了，斜看了家姐一眼，走吧。咦，家姐怎么鼻头一抽，还把手伸给自己，他傻傻地接住家姐的手，凤娇就势站了起来。

凤娇咧开嘴一笑，却让叉仔有点难过，不知道怎么办好。

凤娇也说不出为什么心里有点堵，不想伤阿爸阿妈的心？不想伤四眼仔的心？

好像不仅仅这样，一场恋爱在开始之前就止步了。

凤娇拉起叉仔的手要离开球场，四眼仔突然站起拦住他们。凤娇有点凄然地说自己谁也不谈了，五年内不谈恋爱。

这不等于告诉四眼仔等五年吗？

果然，四眼仔说"我等你"，这瞬间凤娇眼圈一红。

四眼仔情不自禁地用力呼吸，吸进了几口带有凤娇头发香味的空气，心里已经很舒服。他当着凤娇和叉仔的面发誓：等我，我要在一年内干出成绩，让你阿爸阿妈改变对我的看法。

叉仔懵懂了，这是说拖手仔还是不拖手仔呢？

三、安全

这个周末的早上，阿妈做了糍粑，叉仔急忙往嘴里塞了半个糍粑，又去量身高。咬着牙齿让"糍粑"黏住了，他抬眼一看自己的身高已经超出了差不多三个横着的指头，笑成一朵莲花，嘴里的芝麻花生馅儿"扑哧"喷出来，正好喷了阿妈一脸。

阿妈：黐线！

叉仔一嘴含混地咕噜：我，我去做作业……

他真的坐在书桌前咬铅笔头了，老师布置了周一交的作文题目：特区的变化。

没写出几个字。

他愣愣地看着面前这张阿妈去渔民村花了10元钱买的香港二手书桌。他和这"老朋友"说话：什么变化？买了一双有钉的球鞋算不算？汽车站很多人抢赠送的特区报试刊算不算？

算？不算，太小了，大一点的，东门外多了个英文字母的加油站，算！戏院前的"龙须沟"被挖了臭泥填平了，算！

叉仔巷的新房子算不算？最早多了个电饭锅，自从大舅在香港买深圳提货的电冰箱后，阿妈又眼红阿黄家的新洗衣机，可叉仔爸说去友谊商场买一台的时候，她又摆手了，说在渔民村买的二手洗衣机还很好。十字街有些人家用上了煤气炉，叉仔爸也买到了煤气炉，永远告别了柴草大灶头。

还有……

他一屁股弹起跑到了白兰树下。

白兰树下不再是叉仔爸他们八卦闲聊和听新闻的专属地点，树下那个广播站的小喇叭没有了。什么时候不见了？叉仔想不起来，反正家家都有了电视机，谁去听小喇叭？何止小喇叭，木屐"哒哒"和大板车"嘎吱嘎吱"的声音没了，巷子南边那个常常停了几辆三轮车的小出口，港客熟知的三轮车站也没了。从火车站到长途汽车站增加了好几辆新大巴，三轮车要好几蚊（几元）还没两毫纸（2毛钱）的大巴跑得快，谁还会坐三轮车？每天从深圳火车站那头押出来，路过建设路的"督卒"佬也没有了……新年舞会和的士高都不再稀奇，叉仔最喜欢工人文化宫的儿童游乐场和中兴路的欢乐园。

还有什么变化？叉仔巷四眼仔那群知青陆续搬走了，新来了好几户从惠东和潮州来做小吃生意的人家，白兰树下不再有人吹笛子了，堆放了潮州人煮鱼蛋的炭，石条凳上还有惠东人晾晒的黄瓜、萝卜、芒果和杨桃。

潮州人有2个乡下长大的女儿，大妹插入叉仔班级，同学里大多听不懂她的潮州话。刚来时正好冬天，她衣衫单薄整天挂着两管鼻涕，叉仔给她起了个"鼻涕虫"的外号。不过，每每听到"鼻涕虫"的她都笑嘻嘻，白叫了，她听不懂白话（粤语）。她放学要照看小妹妹，阿妈做好饭之后的那点时间是她的，这个时候她就疯子一样冲到"叉仔们"踢足球的堆里。

白兰树下至叉仔巷口这三四十米长的路段是他们的足球场，上学放学她也"鼻涕虫"一样黏着他们，没几个月粤语和普通话都讲顺了，"叉仔们"把"鼻涕虫"的外号改成了"胶己人"（潮州话，自己人的意思）。

白兰树下一到放工的休息时间或者周日，就成了小小的来料加工厂，家家户户搬出小板凳加工许多工厂外发的半成品。

叉仔妈把一朵朵散开的胶花插到枝干上，吴嫂将一颗颗塑料珠子串成项链，新来的惠东婆拿起木梭子穿过来穿过去编织尼龙胶线网袋……

阿黄和阿黄嫂也不编簸箕了。出口香港的鸡鸭猪越来越多，阿黄天天在湖南仓加班，而阿黄嫂领来剩最后一道工序的胶手袋，两只手像蝴蝶一样在手袋上来回飞舞，打上一个个小小的花结。

她们手不停嘴也不停，说到什么街头新闻就哈哈大笑，看上去开心极了。

平日叉仔、大番薯和豆豉等一群孩子也帮家人干手工活，阿爸在沙头角给叉仔买的"飞机"恤，就是做手工活挣钱买的。

……

把这些写进自己的作文里？叉仔犹疑了，老师说要写最大的变化。

他脑子一下冒出个大胆的想法，凑近大番薯、豆豉，嘀咕了几句就一溜烟往南边去了，"胶己人"一看也拔腿跟上。

叉仔巷南边的农田已经不种稻子，那个大水塘也填平了，前一阵子满田野交替着两种巨大的声音，推土机轰隆轰隆和打桩机"咚——咚——"好像天上有只大脚不停跺地，有时候跺到半夜，阿妈说把耳朵都跺聋了。也奇怪，叉仔从没有过睡不着的时候，有一天突然安静了，他反而睡不好还以为出事儿了。第二天赶紧跑去看，只见围了一圈木板，他偷偷爬上木板，看到那片空地竖起一根接一根的钢筋……

不知道什么时候开始，他放学后会绕一小段路，去看看那个木板围子，里头先露出一层灰绿色，接着不断地一层一层往上蹿，很快凸起了几十米的水泥框架……看着高高竖起来一大片的铁架、竹棚和蒙在上头的尼龙网，叉仔很着迷，要建多少层的大厦？有说10层，有说18层，更有说25层的。

叉仔巷南边凸起的这片，不再是小时候玩耍的地盘了，可他们还像过去大摇大摆走向旧日塘基田塍般进入一道铁大门。

一个穿着墨绿色衣服的保安伸手一拦，用不那么标准的普通话说：做什么？

叉仔：玩！

保安指着一块牌子：施工重地，安全第一，闲人勿进！

叉仔不说话了，小眼睛滴溜溜地转，瞅上了十多米外框架边的升降机，一根手臂粗的钢丝绳正在运作。升降机咣当咣当的声音特别吵，落下来个铁网笼子，走出一个个戴着安全帽的人，帽子有黄色也有白色。

从来没有乘搭过升降机的孩子们不禁张开了嘴巴，眼睛立即成了一颗颗铁豆子不动了。

保安迎向一个从升降机里走出来的人，他们说话的片刻，叉仔眼睛一眨身子一扭和叉仔巷的孩子们一窝蜂冲进大门……

保安叉腰跺脚吼叫，像和一群孩子玩起了老鹰捉小鸡一样地赶他们，终于把一个个孩子赶出了大门。不过，他一点也不知道有一只漏网的"小鸡"钻进了灰绿色尼龙网里，变成了手脚并用的猴子，三五下爬上了架子……

不用说，他就是叉仔。爬树爬大的他高兴极了，屁股一撅一撅连爬带拱，每一层上面都搭着桥板，在桥板上歇一歇又往上，一层楼又一层楼，不知道爬到哪一层。

爬急了爬猛了，叉仔两手捂住自己的胸膛，里面跳得太厉害……

满头大汗的他坐在桥板上扒开尼龙网的缝缝，朦朦胧胧不远处矗起的那建设中的高楼，他给阿爸和六叔公读特区报时读过，七叔公也说过的国贸大厦，说将是全中国第一高楼。

叉仔早想看看即将建成的中国第一高楼，没建好的楼已经快要高出了旁边建好的国商大厦了。

第一高楼就是第一高楼，不就是课文里说的"山外青山楼外楼"？

叉仔的猴屁股没坐热就不歇了，想起六叔公带自己去山里找到灵芝都"哇哇"叫，他便对着天空"哇哇"了好几声。他边叫边在桥板上走，不时扒开那些尼龙缝缝，看"楼外楼"一个够。

站在下面门边死活不肯离去的大番薯、豆豉、"胶己人"他们，不知道哪个眼尖的突然看到了隐隐约约的叉仔身影，触电那样跳起来叫：喂——喂——叉——仔——

叉仔低头一看笑了，朝下面"喂喂"了起来。

接着就是一阵此起彼伏的呼应。

保安惊得出了一身冷汗，急急跑来的保安队长大叫关门，他才手忙脚乱跳起来，一把将孩子们挡在门外。

保安队长拿起保安室里的对话机叽叽呱呱叫了一通，紧急报告了楼层上的工程师以及工程指挥部，指挥部命令立即带小孩们离开，绝对不能出安全事故。

保安队长冲往升降机……

叉仔一点也不知道自己成为焦点，倒是很淡定地坐在一处没有尼龙网遮挡的桥板上，仰看着对面没有完成的高楼。中国第一高楼到底有多高？自从深圳有了第一张《深圳特区报》报纸，阿爸晚饭后天天都让自己读《深圳特区报》。读到1982年11月国贸开工的新闻，阿爸就叫起来了，53层，160米高，是爱群大厦的3倍多；占地面积2万平方米，建筑面积10万平方米。冇了，一个湖南围都冇了，被国贸"吃晒"了……

前两天的新闻就是国贸大厦三天建一层楼的"深圳速度"，阿爸讲以前想都不敢想。阿爸把那张报纸剪下来，他的剪报集是用印刷厂的废旧包装纸制作，以前贴有《人民日报》《工人报》的文章，不过现在大都是《深圳特区报》的文章。

叉仔仰着脑袋看，看着看着看到了蓝天和白云，一朵朵白云一动也不动。不是没动，是爬得好像蚂蚁一样慢，这朵小白云把太阳挡住了，太阳不高兴了，叉仔也不太高兴：湖南围冇了。

湖南围就在那个大水塘的南面，客家人叫塘为"湖"，叫村为"围"，湖南围就是塘南面的小村。

那是叉仔的乐园，多少回与大番薯、豆豉一帮街童，挑战湖南围的围仔们，在刚刚收割完的稻田打泥仗，干软的田泥搓成汤圆那样的泥弹，你一弹我一丸，没有输赢只有一身泥巴……回家少不了大人一顿骂和打屁股，可还是高兴。

湖南围的高兴有多高兴？赤脚踩在一软一软的半干湿稻田上，找到那些凹陷的小水坑，装出扭脚的模样，待围仔们冲过来就大力一跺，碎花花的水弹打得他们又叫又跳又笑，太好玩了。

……

他似乎听到了什么声音，回头一看有个戴着红色安全帽的人怕踩死蚂蚁那样小心走过来，脸上带了生怕吓住叉仔的笑：别怕……

叉仔不慌，眼里闪过一丝欣喜，这不就是住在六叔公二楼给自己吃鸡仔面的工程师？姓什么？

工程师也认出了叉仔，举了举手里另外的白色安全帽，脑瓜子转了一圈也想不起孩子叫什么：嗨……这个……小……小鸡仔面你先过来……哦！

以前叉仔狂吃鸡仔面吃得进了医院，成了叉仔巷和全班的笑料。此时他眼里的欣喜暗沉了，气哼哼地叫：你！大鸡仔面！

工程师迅速靠近，一把捞过叉仔戴上安全帽还扣上扣子：哈哈，好好，大鸡仔面……哦，我现在不吃鸡仔面了，我们有饭堂了，跟我下去，我带你吃我们的饭堂饭……

他们快要走到升降机口的时候，那位保安队长也火烧眉毛似的冲过来，气呼呼真想给叉仔一拳头。他们一起进入升降机，工程师拿起腰间那个小暖壶一样大的对话机：孩子安全了，我们下来了。

轰隆轰隆的升降机一下到地面，保安队长就冲出去了。

工程师领着叉仔缓缓前行，一拐弯就看到七叔公的背影，听到七叔公愤怒的大嗓门。

一群保安面朝戴着红色安全帽的七叔公。

七叔公手一挥，指着悬挂的巨大标语：这是什么？

保安们：安全第一！

七叔公：喊喊口号罢了？

保安们：不是！

七叔公：那是什么？

保安队长一个立正：是我们工程的规矩，是我们保安的职责！

七叔公：没有规矩就没有工程的安全，安全是什么？

保安们被吼得不敢说话。

七叔公：是什么？一条一条的命！

保安们：是！

七叔公：保安保安，保证安全！一个小孩爬上去了！胡闹！

鸦雀无声中，看门的保安结结巴巴地说：赶……赶不走……

七叔公：按照规定，保安无法处理怎么办？

保安：报警……

叉仔没见过这样凶的七叔公，他扭了扭身子想跑，这才发现工程师的手好比铁钳一样把自己钳得紧紧了。恰恰这时候七叔公回头了，一看叉仔也愣了愣。

叉仔的眼睛找不到去处，突然翻白和用力眨，不知道看天还是看楼顶。

七叔公抑制着愤怒：爬上去，好玩？

叉仔一脸无畏不说普通话了：冇玩，企得高睇得远（站得高看得远）！

七叔公缓和了：好危险！

叉仔犟起脖子：冇危险，我一点都冇怕。

七叔公：大厦施工，不准外人进入。

叉仔又说普通话了：我要写作文，写特区变化，我不是外人！

叉仔太理直气壮了，保安们瞪着明明违规明明犯错的孩子，要打要骂都不行，说道理偏偏像狗咬龟不知从哪里下口。七叔公挠了挠脑勺说不出话，像咳嗽那样嘿嘿两声，后来竟然晃晃头忍不住喷出了笑声。

他一步步走近叉仔，嘴形像是"衰仔"却不带声音。

叉仔偷眼看七叔公，没想到耳朵正碰上了七叔公俯下来的嘴巴：哈，我是外人？

叉仔抬眼点头又大力摇头，接着抬手指了指那群保安。

七叔公：叉仔，这里不是你以前摸虾钓鱼的水塘了……你有份他们也有份。

叉仔一脸倔犟：我有份我就要进！

七叔公打了一个愣，想了怕有半分钟，接着像过去一样温和地拍拍他的肩膀：好，站得高看得远，明天，我带你去更高的地方，不过你要答应我，没有保安同意不准进入施工工地……

叉仔：比国贸大厦还高？

七叔公笑着点头。

叉仔一脸疑惑。

七叔公：叫大番薯、豆豉一齐去……

叉仔眼睛一亮，立即用力点头。

七叔公：你们这帮"牛王头"都去。

叉仔扭扭屁股嘣出香港电视剧里最时髦的一句"Yes!Sir!"

七叔公先走进保安室拨了叉仔家的电话号码，让叉仔告诉阿妈不回家吃饭。

叉仔家刚安装了电话，这还是他第一次打电话，他和话筒里面的阿妈都"喂"个不停。

叉仔冲着话筒：……听见冇？

互相听得很清楚，可除了"喂"就是"听见冇"。

最后，阿妈说电话费贵，挂了电话。

叉仔这才想起不回家吃饭又打过去，阿妈不"喂"了：冇打电话啦，电话费贵……

叉仔立即说不回家吃饭，就挂了电话……

工地食堂就是一个四面透风的草棚子，几块木板下面垫上几块红砖就成了矮饭桌，很多工人和工程师脱下帽子垫在屁股下当板凳。

木板两头各放了一个大搪瓷脸盆，都盛满了大白菜猪肉碎末，木板旁有一大铁桶饭。

大白菜和肉末都煮得很烂，浮在汤上分不出是菜还是肉。阿妈从来不会煮成这样烂的半汤半菜，叉仔吧嗒吧嗒吃得很香，吃完第二碗又伏在七叔公的耳朵上。七叔公一眼看透了叉仔，喜欢北方菜？

叉仔连连点头，七叔公收起他的碗："鸡仔面"的教训，忘记了？

四、教训

比国贸更高？叉仔猜不到七叔公说的是哪里，直到坐上了一部面包车，还缠着问车上的六叔公比国贸更高的地方在哪里。

坐在车头副驾驶座的七叔公回过头：我差点被日本仔烧死的地方……

啊？孩子们的眼珠子定住了。

六叔公要说什么，叉仔屁股一弹比他快了几拍：梧桐山！

大番薯也想起来了：日本仔放火烧山！烧了一天！

豆豉突然噗嗤笑了：七叔公的眉毛都烧掉了……

叉仔咧开缺了门牙的嘴哈哈笑。

叉仔爸回头屈指一"啄"儿子的脑瓜：笑？叫日本仔烧你的眉毛！

叉仔脑袋一缩，不说话了，他记得六叔公在学校讲过的故事——

1942年冬天，抗日武装东江纵队在梧桐山一带活动，七叔公负责税收。

1943年春，有一天天还没亮，他们在小凹村的禾塘刚吃完早饭，七叔公已经和几位税收人员分头赶往收税点，翻过山头突然听到老百姓惊叫"日本仔来了"！

七叔公掉头往对面的小凹村山头跑，远远看见游击队也在攀爬对面的山，而日本仔的机枪声嗒嗒嗒对着四面山头一轮轮扫射。

日本仔突然袭击了梧桐山下的小凹村，还抄山路追击撤退上山的游击队，迅速形成了包围圈。

身处日军的大包围圈，七叔公他们当机立断隐蔽在草丛里。

一阵阵哒哒哒的机关枪声，一阵阵轰轰隆隆的炮声，半山上的东纵大部队被打散了。

日本仔放火烧山，烧着的山草借着风呼呼乱窜，一下蔓延到七叔公隐蔽的地方，他们跳进水沟就露出一张脸，呼呼一阵大火刮过，连带眉毛也一起烧掉了。直到天黑日本仔撤退后，他们才悄悄下山，第二天清早老百姓偷偷把他们带到盐田游击区的路口……

这是东江纵队最为惨烈的战斗之一，牺牲了20多位游击队员。

叉仔突然问：做乜嘢（为什么）会牺牲20多人？

七叔公转过头：问得好！你们讲。

大番薯大声嚷：日本仔坏！

叉仔：游击队冇大炮同机关枪。

"胶己人"一点都不像女孩子，嚷叫得比大番薯还大声：游击队冇车！有车日本仔就追冇到（有车日本仔追不到）。

叉仔一瞪眼：最好有飞机！

各有各的道理，车子弯弯绕绕往山上爬，七叔公却没有说话……

山路越来越颠簸，车子一顿一顿，叉仔和大番薯一路惊乍一路笑，不再提起那次惨烈的战斗，连六叔公都被叉仔们逗笑了，说着他们以往上山找草药的惊险事儿。

"胶己人"趴在车窗边，一只麻鹰在云雾袅绕的山谷盘旋，几只黄猄（野羊）在山壁上一蹦一跳。突然不知道什么"古哇古哇"的叫，她说是"独孤雀"，她们家乡的大山上也有这种鸟，独自一个叫响半山……

豆豉皱起眉头好似片竹叶草粘在叉仔的肩膀，晕车了，听到叉仔哇哇喊叫也不睁开眼瞄一瞄，不时有气无力地问：到了？

车子终于停下了。

七叔公领着他们走向山上的边防哨所，门边有个背着枪站岗的士兵，头上的帽徽和领章正好"三点红"，士兵身边还站着一个没有枪的"三点红"，他走过来向七叔公敬礼。

一下车就又跳又疯跑的叉仔一下子站定了，盯着人家的军服上下看，接着捂着大番薯的耳朵：四个兜①！

———————
　　①　指65式军装。军官比普通士兵的服装，仅仅是多了上衣下排的两个口袋，习惯叫"四个兜"。

叉仔和大番薯互相看了一眼，不约而同挺起胸学起军人的模样向军官敬礼：报告！

活过来了的豆豉和"胶己人"一起赶来，豆豉两腿一直也想敬个礼，却踩上了小石头趔趄了一下，被军官一把抱稳了。

七叔公拍拍豆豉的脑勺笑了：快谢谢杨定国所长！

没想到豆豉碰到杨所长挂在胸前的一个硬家伙，眨了眨眼睛：枪？

杨所长笑着摇摇头。

叉仔脑瓜子一闪，两只拳头握成孖圆筒举到眼前：望远镜……

孩子们嘻嘻哈哈抚摸在电影里看过的望远镜。

他们进入营房的长廊，廊边的木架子摆放着整整齐齐的口盅和脸盆，透过窗子看到一张挨着一张的床和折叠成豆腐块的被子。

大番薯咬起叉仔的耳朵：被子里有一块木板？

叉仔走到门边：去摸一摸！

突然，他的耳朵一疼，被夹住了，扭头一看是阿爸。

阿爸压低声音：冇规冇矩！军营，冇乱搞。

叉仔扭扭身子要说什么，一阵歌声震起："革命军人个个要牢记，三大纪律八项注意……"

杨所长把他们领到唱歌的屋子。

杨所长一说请七叔公讲话，20多个士兵们噼里啪啦一阵鼓掌，有起有落整齐得好像一个人……

杨所长一扬手，寂静无声。

七叔公一开头就指着坐第一排的叉仔说：40多年前，我们东纵游击队在梧桐山小凹村被日本仔包围，牺牲了20多位游击队员。今天这个孩子问我为什么，真是一个好问题！

叉仔冲大番薯、豆豉挤挤眼睛，咧嘴一笑给自己竖了竖大拇指。

不过，七叔公的话为什么变得很慢很重？好像有团棉花塞在喉咙，声音艰难地挤了出来——

"这完全可以避免的！东纵有一条铁规定，不准在村庄里过夜。那天，吃完夜饭就要转移到山头露宿，有几个十多岁的战士走了一天路，太累了，第二天要赶过别的山头，他们请求司务长住一晚，司务长心一软同意了……

结果，汉奸伪保长连夜跑到深圳墟报告了日本仔，第二天天没亮，日本仔悄悄从深圳赶到了。

那晚，睡在木板床上很舒服，天亮了，一条一条的命！20多条命就这样没有了！这就是不遵守规定的后果。"

屋子里鸦雀无声。

怎么办？

叉仔像在课堂一样举起手，一本正经地说：罚司务长写检讨，检讨贴在门上，每天开门都读一遍……

静。

叉仔：罚他写了吗？

七叔公迟疑了一霎：没有……

大番薯也举起手：那就"藤条焖猪肉"！

大番薯一边说一边剧烈扭动腰肢，一副龇牙咧嘴"嗷嗷"直叫的痛苦状。

叉仔和豆豉被大番薯的滑稽模样逗得哈哈笑，年轻的战士们也禁不住咧嘴了……

七叔公和杨所长一脸紧绷。

杨所长躲开大家的眼神看着窗外很远的什么：司务长没写检查。

叉仔：他是好人吗？

七叔公：他是我见过最好的人。

七叔公给大家讲起老师的故事：他以前在香港当老师，很多老师都打学生，他从来不打还常常带穷苦学生回自己家吃饭。他引导最喜欢的五个学生组织了读书小组，读进步书和讨论国家大事。

有一天，五个学生去找老师，看到师母拦着老师在家门边哭：你当了冷衫帮学生交学费，你冬天穿什么？老师拿着两件毛衣和帽子：两件冷衫算什么？师母抢毛衣，老师又抢回来，抢来抢去，师母抱着老师的肩膀不让他走，当着学生的面用脑袋撞老师，老师低了头一声不吭。

五个同学心酸极了，搜出几个"仙"（港元硬币）塞给老师。师母突然一手挡了，扯开衣角里的金戒指大哭着一把塞给老师。

老师把师母的金戒指典当成钱交了学生的学费。后来，日本仔打香港，老师把师母和只有3岁的儿子送到乡下，自己带着五个学生加入了东纵游击队。

屋里静得一根羽毛落地都听得见。

七叔公：大家说，他是好人吗？

叉仔嚅嗫着：不，不，牺牲了20多人，他不承认错误。

七叔公似乎听不见叉仔的话：他一早就可以撤退，但他故意冲到村口的榕树后大喊大叫，吸引日本仔的火力，让大队伍撤到山上……他被活捉了，日本仔审问时说要去请他的妻子和5岁的儿子过来，他答应带路找游击队，路过悬崖的时候一头跳落百米深谷，牺牲了。他不让日本仔用妻子和儿子生命威胁自己，这也是保护妻子和儿子的唯一办法。

很静，叉仔用力吸了一口气又呼了一口气。

七叔公：20多条命的教训，司务长用自己的命来承认错误。

叉仔脑子有点乱，用命？承认错误？司务长是好人！怪谁？他想到了，那几个要住一晚的坏人！

七叔公：是，求司务长住一晚的，其中一个就是我！

叉仔被雷击中一样呆了，瞪大眼睛回不过神来。

七叔公：我就是他从香港带回来的学生，我写了一次又一次的检讨，一辈子都无法原谅自己的错误！

叉仔说不出话了，做梦都想不到七叔公也犯过错误，还一辈子不原谅自己……

"胶己人"：司务长跳崖了，孩子呢？

杨所长：他们被游击队接到叉仔巷的凉茶铺。这个孩子上学，后来考上北京的大学，毕业分配去了大西北，他就是我的父亲。

战士们一脸惊讶的时候，七叔公说话了：刚刚你们唱的三大纪律八项注意，唱得好！为什么要一切行动听指挥？明白吗？

士兵们：明白！

七叔公看了叉仔一眼没有说话。

叉仔眨眨眼，一副明白的模样。

杨所长领着大家走到山顶平台。

叉仔站在开阔的平台一眼望去，很大很大的东西都变得很小。

悬崖旁有一棵弯曲的大树，树下有深入山林的小道，杨所长说从这里下山有6500多级石阶，60多度的陡坡，七叔公默默无言地走下去，叉仔想他一定在找过去的路。

"看，那是我们的菜园子。"

叉仔一眼看去，吃惊极了，大的像床铺小的像书包，这就是菜地？杨所长笑了：一年又一年开辟的，已经有60多块这样的菜地。

七叔公指着几十米远的杂树丛：下面有条水沟，就是救我一命的水沟。

叉仔扯扯七叔公：你跳进去，怕吗？

七叔公：不怕，很后悔。

沉默了一会，七叔公拍拍叉仔的肩膀：一条一条的命啊。

叉仔悄悄扯了扯七叔公的衣袖：我不偷偷爬高楼了……

七叔公一脸严肃回头对跟过来的孩子说：以后你们都不准去建筑工地玩，不能违反规定。

孩子点头。

回到平台后，七叔公让叉仔拿着望远镜：你昨天说站得高看得远。

叉仔点头。

叉仔爸：梧桐山就是深圳最高的地方。

六叔公指着山下被田地和树木包围的一小片地方：你看看深圳……

一片凹凸不平的楼房，大的像小火柴盒子，小的好比芝麻绿豆，叠成一列列一排排，零零星星和密密麻麻一直延伸至南边，嫩绿嫩绿如一面面小镜子那样的是稻田和鱼塘，起伏不平的墨绿是山峦……

叉仔不禁叫起来：好小好小哦……我们学校的篮球场比它大！

七叔公教叉仔拧望远镜的一个小旋钮，一切在眼前变大，一片叶子大的褐红色出现了，这是什么？

七叔公接过望远镜细细看了一会：罗湖山炸平的地方，会建联检楼和大酒店……

叉仔呆呆地看着望远镜里的那一片叶子，班里有同学住在罗湖山的华侨旅行社宿舍，叉仔和他上过山，上面有防空洞，还看到对面香港的罗湖小学。那天炸罗湖山升腾起滚滚的云团，好久好久才散去，山真的没有了……

几个孩子开始抢望远镜，大番薯说要看叉仔巷，豆豉说要看解放路上的新安酒家，"胶己人"却想看看自己阿妈是不是在做饭……

轮到叉仔，他捧着望远镜大声说想看"湖南围"。

六叔公大笑：湖南围还有吗？国贸①！

大番薯跳起来了指着凸出的一点——国贸！

叉仔看傻眼了，一片都在冒着尖尖，哪一个尖尖是国贸大厦……

---

① 1982 年 11 月开建、高度 160 米的 53 层国贸大厦，于 1985 年 12 月 29 日竣工。

五、秘密

　　叉仔的书桌上摆放着一座新潮别致的台灯和一个电子闹钟，这是阿爸被评为厂里先进工作者的奖品。

　　灯的圆底座和灯杆都是棕色的，底座镶嵌了一圈金边，奶白色的塑胶灯罩外裹了一层麻绒布，灯杆有个项链吊坠，一拉吊坠灯就亮了。电子闹钟和以前的老式闹钟不一样，不用拧发条，而且还是一个鸡的模样，闹铃声就是公鸡的喔喔叫。

　　灯座连着电线插在一块插板上，阿爸阿妈都说"这个电千万不要乱动"。

　　偏偏就是这一句"千万不要乱动"大大激发了叉仔的好奇心。他们说不能动的东西多了，什么好玩的，什么好吃的，都说不能动。

　　这"电"到底是什么东西？

　　叉仔不动声色用手一摁，灯亮了！

　　叉仔再用手一摁，电子闹钟响了！

　　叉仔哈哈笑：这个电好奇妙！

　　阿妈特别说千万不要动通电的插板！叉仔缠着阿妈问为什么，阿妈一脸不耐烦：不能动就是不能动，危险！

叉仔：动一点点呢？

阿妈愣了愣，什么叫动一点点？她没往下想了。

叉仔掂起细细的电线：哦！电就在这样细细的线里面，电长什么样子？

叉仔问了阿妈好多问题，把阿妈问火了：电！就是电，样样都要靠电。

叉仔：我看不见它？

阿妈累，不累也被问累了。

叉仔：电好细粒？黑的还是白的？会不会叫？做乜嘢包在电线里面？

阿妈：哎呀，问你阿爸！

阿妈结束了叉仔的问题，伸了个懒腰打了个哈欠：好啦好啦，瞓觉（睡觉）！

叉仔还没有结束：阿爸讲问阿妈。

阿妈招架不住了：哎呀！瞓觉！瞓醒觉就知道啦！

阿妈马上关掉了灯。

当然，第二天瞓醒觉的叉仔依旧搞不懂这个"乜嘢"，也不再问阿妈，问一百次都是那些话：电就是电，不准动它！做作业。

可是，每天电子闹钟"喔喔"叫的时候，台灯前做作业的叉仔都会抬头看眼前的灯，这个"乜嘢"就不时跳出来，挠得叉仔心里很痒很痒，痒痒了怕有一年。

电灯的插头插进去电灯亮了；风扇的插头插进去，

按一下键风扇就转了，这些小洞洞里头有电！这天，他又痒痒的，看着电插板上头的一个个小"洞"，黑乎乎的小洞，痒得实在忍不住了，手里的那支中华铅笔就塞进了"洞"里头——没感觉，这才想起自然老师说的，木不导电，铁才导电，于是找了根阿妈的小缝衣针，满怀希望地插进"洞"里！

还是没感觉。

叉仔太聪明了，也许要像电插头那样插进两个洞，才能通电？

他一手各拿一根缝衣针插进那两个小洞洞。

"啊！"叉仔被什么打了一棍，猛然跌倒在地上，麻麻的，痛痛的，说不起清楚是肚子还是胸腔，有什么被抠走了。他好一会儿都回不过气，这个"乜嘢"太难受！

好一会儿，叉仔发现自己傻瓜一样坐在地板上，阿妈说不能动那个电插板，自己明明不想动可为什么偏偏动了。被电打了也不知道电长什么样，他生自己的气，说不出的惊怕还有点羞愧，不告诉阿妈，谁也不说！

后来，他要求阿爸给自己买有关电的书，阿爸没有问就买了。如果阿爸问为什么就要撒谎了，叉仔心里很感激阿爸。

被电电过了！他有了第一个不想告诉别人的秘密。

叉仔放学回家，一进门就看到了阿爸、阿妈和一个穿军装的人坐在沙发上，他的虎仔乖顺地趴在人家的膝盖上。

叉仔定定地看了一眼，书包也不放下就跑到军人面前立正敬礼：杨所长！

阿爸笑眯眯：人家调到蔡屋围武警的团部了，杨参谋！

叉仔妈说按辈分，叉仔该叫杨参谋小杨哥。

叉仔大大咧咧坐在小杨参谋的身边，突然伏在人家的耳朵上：我去过，我们班的"大炮"也住在蔡屋围那边……"大炮"阿爸也是"四个兜"的。

叉仔不但喜欢小杨哥，还缠着小杨哥问了许多问题：武警是公安局的？边防军也是武警？小杨哥很耐心地一一解释，武警部队的七大警种就是内卫、边防、消防、黄金、森林、交通，还有警卫部队……

叉仔还想问什么。

阿妈从茶桌上抓了一把花生递给叉仔，用力眨眼睛示意他回房间。

叉仔假装看不见。

阿妈：大人讲话……细路仔听乜嘢，去做功课。

猫儿虎仔也在小杨参谋的脚边蹭，叉仔捞起猫，一副我就要在这儿的模样。

阿妈不想当着小杨参谋面发火，只好继续说，全是凤娇如何如何好，从小就懂事，五六岁帮洗碗筷，7岁烧火做饭，8岁就跟大人去清水河的几个山头砍柴割草。学校和街坊从没有上门告状的，差5分没考上大学。

阿妈：凤娇想再考，上了大学有几个返到阿爸阿妈身边？你阿爸去北京读书分配去青海，鬼知道乜嘢角落。凤娇女仔人家一到年龄就要嫁人，考乜嘢大学？总之冇离阿妈太远，一家人齐齐整整，有病有痛就得啦……如果，你同凤娇结婚就转业留在深圳。

这最后的一句，叉仔听明白了，激动地拍了一下手掌，转向阿妈：我知道，你要小杨哥哥拖家姐的手仔？

小杨的脸刹那间好像喝了酒一样红。

阿妈举起巴掌，叉仔一看就知道吓唬自己，仰起头死猪不怕开水烫的模样。

阿妈放下巴掌：你去叫你家姐请假，家里有客人早点回家，顺便去南塘"为食街"斩几蚊烧鹅……

叉仔一听烧鹅就生猛了，一溜小跑到了凤娇当临时工的酒家。

路上，叉仔一脸喜滋滋，麻雀似的叽叽喳喳把自己知道的小杨哥点滴都告诉了凤娇：他在哨所砍柴种树竖电线杆，手掌很大很厚，梧桐山上一个很高的坡，自己上不去，小杨好像拔萝卜，轻轻一拔自己就上去了，哇……

凤娇默默无言在想什么。

叉仔突然说：家姐，我中意（喜欢）你同小杨哥"拖手仔"。

话一出，凤娇的脸一秒钟不到就羞红得好像一朵玫瑰花了，这玫瑰花一直不败，一进屋就跑到厨房直到做好饭，那花也没有歇落。

阿妈在厨房咬着凤娇的耳朵：还记得？好像三年级，你和他同班。

凤娇悄声说记不得了。

阿妈：他阿爸阿妈调到山旮旯搞科研，送他回六叔公这里，同你一个班！以前夭夭细细，现在眼耳口鼻端端正正，人高马大好醒目好靓仔……

吃饭时，凤娇不敢抬头看人一眼。

吃完饭，太阳还没下山，阿爸难得说起叉仔巷自己的童年趣事，小杨阿爸比自己高几届，年年考第一……

阿妈抢过话头，说梧桐山哨所很艰苦，小杨回答不苦。

叉仔：很好玩的！那些风都会叫，呼呼呼一面叫一面走，比我快多了，在山上放纸鹞多好玩啊……

阿爸瞪了叉仔一眼：玩！玩你的头。

小杨哥：听前辈讲50年代建造哨所，好艰难的。买菜米油盐都要走20多里，下山来深圳买，一担一担挑上哨所……

叉仔：哇！

小杨摸摸看上去有点沮丧的叉仔，笑了：现在比过去好太多了，以前住帐篷，一刮台风什么都没了，老所长他们把非常贵重的军事观察器材盖得严严实实，自己却光着上身背靠背在泥地坐到天亮。他们说1967年那次最惊心，"啪啪"一阵电闪雷鸣，哨所五人当场倒地，一个昏死，其余的神志不清，醒来才知道走了一趟鬼门关……

叉仔听得很认真，他知道电的滋味！自己被电过的秘密，突然喉咙痒痒好像有虫子爬，有点想告诉小杨哥……不，不告诉别人。

阿妈突然说：哎呀，今天戏院放什么电影？凤娇，你陪小杨去看电影……

叉仔跳起来：我陪！

小杨参谋看看手表：我要回团部了，只能请半天假……

他说着就站起来，一点也不拖泥带水。

小杨参谋背过身的时候，叉仔发现家姐偷瞄了人家一眼。他觉得家姐变笨了，不看正面看背面，背面有什么好看？

他的心痒痒的，就像《网中人》里面的嘟嘟姐和发仔哥一样，好想看到家姐和小杨哥哥拖手仔这一幕。

阿妈拉起凤娇推到门边：送人家回蔡屋围团部……

小杨参谋连忙摆手，凤娇有点为难，叉仔摇摇家姐的手臂：我想去。

阿妈的眼睛连眨带瞪，凤娇拉起了叉仔的手。

太阳正在下山，夕阳似一根橙色的绳子缠绕在天边，也缠住大街小巷那些黄昏的脚步。人们慢慢闲闲在微柔的闪烁里移动，只有叉仔像猴子一样跳着脚，尝试踩那像叶子一样散落脚下的夕阳。

小杨参谋的步子有点急，过解放路口铁路道闸时，恰恰又碰上火车。火车一去路闸升起，他拖起叉仔的手就走，可不到半秒又放下了，转身说：回去吧，我有时间再请假去看你们。

叉仔：我想跟你去玩……

杨参谋一顿，不容商量地摇头。

凤娇：工人文化宫新开的游乐场，有碰碰车，我带你去……

小杨参谋感激地看了凤娇一眼，掉头小跑而去。

叉仔！四眼仔王大明脸色难看地走过来。

他推推眼镜：那个军佬是谁？

叉仔眨眨眼：杨参谋。

王大明转向凤娇声音低沉：你说五年内不拍拖，我说等五年！

凤娇支支吾吾说不出半句话，拉着叉仔回家，一直到叉仔巷巷口，王大明拦在姐弟前，说了一通不要骗他的话。

凤娇摇头……

凤娇进门就往自己房间走，阿妈叫住了。

凤娇不笨，最怕伤人心，阿爸阿妈的心，唉，也有四眼仔的心。她不知道自己和四眼仔算不算拍拖，心里佩服王大明懂很多事情，也许有好感，不过还没好到要变成一家人的份儿上。仅仅一封一行字的信，王大明怎么就认定了自己？

阿妈直接问：小杨参谋不错吧？

叉仔：好！

没人搭理叉仔，叉仔捅捅家姐。凤娇咬住自己的唇，好一会儿才说自己年轻，想好好工作，这些年不谈朋友，谁也不谈。

阿妈气绝了：有乜嘢问题？

凤娇也是倔性子：冇问题，唔谈就唔谈。

阿妈拿凤娇没有办法，叉仔爸想说什么也没说，刚才他就站在楼顶天台，正好看到四眼仔拦住凤娇的一幕，心里的恨又添加了几分，可不能明说。

如何看紧女儿一点？

阿妈规定晚上九点半之前一定要回家，还明说不能和四眼仔来往，凤娇很干脆地点头。

阿妈还偷偷吩咐叉仔，如果四眼仔来找家姐就盯着，不要让四眼仔拖家姐手仔。

第三章

北门坊海德堡『火烛车』

一、家访

自从叉仔上了小学，叉仔爸妈最怕的就是班主任刘老师家访。叉仔和凤娇很不一样，每次老师来家访大都不是好事。

一年级、二年级不懂事就不说了。

他的问题特别多，上课问下课也问，问到最后，有的老师答不上就反问叉仔：你的问题为什么这么多？

叉仔也一脸诧异，为什么，想问咯。

这是真话，他也不明白，脑袋里怎么跑着一辆车，一停下来满车的问题就会叽里咕噜跑出来。太阳为什么不是绿色的？叶子会掉下来，星星为什么不掉下来？轮船为什么会在水上漂？很像雪糕的白云为什么不能吃？

他问题多不要紧，嘴巴问问也不要紧，他的问题偏偏没有停在嘴巴上。用叉仔爸的话说，就是"打烂沙盆问到底"，结果阿爸有两次被请到了学校。

第一次，因为学校那口水很清甜的井。学校附近几条小巷的人家都喜欢来这里取水煮饭、煲茶、煲汤。叉仔学了"坐井观天"的成语，竟然从一浮满落叶的死水潭，捞起半脸盆游动着的小蝌蚪，一骨碌放到井里。他放学就趴在井边，不时丢点青草、树叶甚至蚯蚓给蝌蚪吃，痴等蝌蚪变青蛙。一连几天，等啊等啊，还没有等来青蛙，井水就浑了，还有点腥臭……结果，街坊和学校来告状了，阿爸和六叔公整整忙乎了一个下午，才把浊水淘干净了。

第二次，因为学校的实验菜园。小菜园只有几行青菜、豆角和边角地的辣椒、青葱、姜，四周还有十多株南瓜，老师食堂吃的青菜大多来自这里。

这天，自然常识课，老师带着四（1）班的孩子们一面观看一面讲解。南瓜开着一朵朵嫩黄色的花儿，老师教他们辨别南瓜的雌花和雄花，教他们摘下雄花，拿着雄花对准雌花的花蕊轻轻一点，让花粉落下，授了粉的南瓜会结果长瓜籽……叉仔听得认真，干得也很认真，老师表扬他了。花儿陆续焉了，花房鼓胀逐渐长成了嫩小的南瓜，小南瓜越来越大，已有小瓶子大小。叉仔天天都去转悠，有时还帮校工浇水。

一天，南瓜地里没长大的小南瓜一个不剩了，浇水的校工傻眼了。篱笆好好的，老鼠、虫子也不会这样干，到底谁搞破坏？

校工赶到叉仔的班级看，天啊，叉仔的课桌上摆着十多个小南瓜。他正在用铅笔刀细细地剖开小南瓜，一群同学围着他叽叽咕咕……

校工气得揪住他去了校务处，校工说在校近十年，没见过这样的"夭皮鬼"（调皮鬼），教务处要罚他赔南瓜。

叉仔爸接到电话马上赶到学校，向教务主任和班主任说对不起……

阿爸和刘老师在角落里一脸严肃地商量什么？阿爸为什么用力摆手？

叉仔竖着耳朵，怎么也听不到他们在说啥。老师一点笑也没有，大概要赔很多钱。

回家路上，阿爸问叉仔为什么要这样做。

"老师说授粉就会结果长籽，我睇睇有冇籽。"

"冇皮鬼！"

叉仔嘟噜着：老师讲要自己揾答案。

阿爸：乜嘢答案？

叉仔点头：籽好细粒，细过芝麻。

阿爸叹气：一只瓜都冇剩，冇皮成乜嘢样（调皮成啥样）！

叉仔：我赔南瓜钱，我还有利是钱……

阿爸：你的利是钱！哼！

叉仔：我捡烂铜烂铁……

阿爸：罚你5蚊鸡！

叉仔吓住了，5元是自己两个月的零用钱。

阿爸举起巴掌，恨不得抽叉仔几巴掌可又放下了：刘老师讲罚她自己，是她没有教好学生，还要阿爸保证不打你！

叉仔眨巴着眼睛，突然呜呜哭了。许多老师讨厌他问题多，只有班主任刘老师从来不说他问题多，还说他爱动脑筋，很聪明，有问题懂得自己去找答案。

阿爸大吼：我冇打你，你哭？

叉仔呜咽着抓起阿爸的手：打我，打我！我错了……

太阳都快下山了，叉仔还没回家吃晚饭。

刘老师又来家访了。

上五年级了，这个"奀皮鬼"又出事了！叉仔爸强装笑容却掩不住一脸忐忑。"咳"，他用力咳了一声。

叉仔妈不知道说什么好，儿子犯了事也不能慌，赶紧倒茶让座。

她本来和北方人合不来，怕北方人身上的蒜头味，和他们讲话十足鸡同鸭讲。偏偏刘老师是北方人，还是个好老师，她多少次说叉仔捡到福了。

刘老师头发天然卷曲，脸颊红扑扑的，特别爱笑，一笑眼睛就眯成弯月那样。

叉仔妈小心找话说，逼自己说半生不熟的普通话。老师穿的深蓝色长西裤和浅蓝色的确良短袖衣，样式好还很合身，她问哪里买的。

老师说按照裁缝书做的。

叉仔妈细细看衣肩连接处，一点褶皱都没有，刘老师手多巧心多细。

只敢给叉仔车缝内衣内裤的叉仔妈羞愧无语，连连弯腰给老师倒茶：刘老师，好对不住，昌生成日惹麻烦……

刘老师：他还没回家？

叉仔妈：这个月，他都讲学校有事情，好晚才回家。

刘老师一脸惊讶，停顿一下才说昨天叉仔交给自己20元，并说是叉仔爸捐助林洁萍爸爸下个月的护工费。

叉仔爸妈都不禁一愣，林洁萍就是叉仔巷潮州佬的女儿，同班同学喊她"胶己人"的叉仔同桌。

两个月前的一天下午，潮州佬在小学附近的路边卖鱼蛋，被一辆三轮车撞了，后脑勺磕在路边的石壆上。

撞人的恰恰是住在叉仔巷的惠东佬，他每天都踩着三轮车赶放学的点，在小学附近的小横路卖他的酸黄瓜、萝卜、芥菜、嫩子姜和芒果干。这天弄多了几个品种，有点晚了，他一焦急就腾空起屁股猛踩脚踏，潮州佬偏偏烟瘾上来了，跑去路对面的香烟档口。

这儿本是拐弯，还是斜坡，急匆匆的两个人不看前后左右，"轰"地撞上了。

撞就是撞了，惠东佬一路三轮车把潮州佬送到最近的医院。潮州佬连话都说不出了，医生一番拍片检查告知颅内出血，要马上动手术。惠东佬和潮州佬都没有深圳户口，也没有医疗证，压根没听过医疗保险这回事。动手术的钱立即把惠东佬吓蒙了，狠抽了自己几个嘴巴。救人要紧，他们两家咬牙筹钱，惠东佬把三轮车连带老家的一间柴草屋也卖了，都没有几个钱。叉仔巷的街坊你一点我一点硬是凑了手术费，人救活了，危险期终于度过了，可四肢不能动，吃喝拉撒睡都在床上。

潮州佬为了省钱死活要回家。医生说康复最少需要几个月，潮州婆又怀孕了，八个月的身子自顾不暇，医药费都愁死了，请人侍候哪来的钱？唯一的办法是让大女儿林洁萍退学服侍父亲。

刘老师发动大家捐款，筹集请护理的费用，上个月的费用解决了。现在叉仔捐出20元，又解决了下一个月的费用。

叉仔爸知道潮州佬动手术这事，六叔公说街坊不帮谁帮。叉仔爸和街坊一起捐过钱，可没听叉仔说过学校的事情。他心一沉，叉仔的钱从哪来的？

刘老师犹疑了好一会儿才说：自从动员大家捐款帮助林洁萍，叉仔确实有点怪。以前一放学，他们一群同学总在操场踢球，这些天没影了，他说回家帮家里做手工。

叉仔妈连忙摇头，凤娇有了工作，自家的工资也涨了，原来住天台加建房的山厦亲友找到固定工作，陆续搬到宿舍了。如今出租给外来客，一家人日子松动了很多，没拿手工制作了。叉仔很古怪，几乎天黑才回家，一会儿说值日，一会儿说劳动，回家都是脏兮兮的。

刘老师点点头，说几天前放学后去新华书店，无意中看到叉仔和几个同学去了北门坊。他们去北门坊干什么？

叉仔爸：北门坊的街坊都在搬家……

刘老师：有个北门坊的同学已经搬到中兴路新龙坊的新房子。

解放路西北面，香港人投资的"华城"是深圳第一个旧城改造区，范围包括北门坊。项目已经开始，路北的饼干厂、五金商店以及北门坊都正在搬迁。

说起北门坊，阿妈的话一箩又一箩，比街市叠起的菜箩还多。住北门坊的中了六合彩，一出公告，拿了锁匙就可以搬新屋，不论旧房大小都置换1套84平方米或94平方米的房子，超面积的每平方补290元。个个都有新房住，好开心，新房子有厨房，有卫生间，比香港人住的还宽阔……几时轮到叉仔巷？

刘老师看看表，叉仔到底干什么去了？

这会儿叉仔人没进屋声音就到了：好饿！我好饿！

他突然看到刘老师，扭扭捏捏站在门边不动了，手在汗津津的脸上哗啦啦左右一抹，差不多赶上京剧的花脸了。

阿妈拉过叉仔，一边拿着毛巾帮叉仔擦汗一边说：哎呀，污糟邋遢猫！

叉仔不吭不气。

阿爸当着刘老师的面问叉仔20元的来路。

叉仔有点慌张地东拉西扯，说北门坊很多人搬家，张家有一个最年长的叔公，因为向西村的房子还没有建好，所以没搬。布告贴出来说工地很快就要搞基建了，搬来很多机器，有的机器运到一半路，陷到路边动不了，后来烧很大的鞭炮，说安顿好老祖宗就可以开工啦……

阿爸：冇（别）指冬瓜画葫芦！讲清楚20元，偷的？

叉仔立即摇头：不！

他说罢"不"字就眨眼睛，眨半天都没有下文。

"砰砰"，门没开就知道连敲带喊的是谁，叉仔妈一开门，大番薯就好像一团球被阿黄嫂拎着耳朵进屋了。

阿黄嫂一看到老师，就用她的粤语夹普通话说："老师，你睇睇全班'娃鬼'（孩子）都被叉仔带坏了，搞什么鬼？天天放学都去北门坊捡烂铜烂铁，十足一班'乞衣仔'（小乞丐）！"

刘老师眼里闪过一丝疑惑。

叉仔妈吃惊地瞪着眼：捡烂铜烂铁？

大番薯身子一扭挣脱了阿妈，忽地窜到叉仔身边龇牙咧嘴，举着右手发誓：我保证冇讲。

阿黄嫂盯着叉仔大喝一声：哼！我都知道了！

刘老师刚刚张开嘴想问什么，阿黄嫂抢着说：刘老师，我碰到……这个收买佬驼背强。这班"娃鬼"，天天找人家收废品！

阿黄嫂吃力的普通话好像频频死火的车，不过大家可都明白了。

这是一颗丢在屋子里的炸弹，不过没炸开。空气凝固了，屋里人的眼睛仿佛结成了冰，冷瞪着叉仔。

叉仔低下了头。

阿黄嫂：钱呢？大番薯一分钱都冇给我！叉仔，钱你都拿了？

明白了，除了阿黄嫂，屋里的人大都明白了。刘老师毫不犹疑地走向叉仔和大番薯。

阿黄嫂面对老师一脸冷气，努力咬出自己的普通话：老——师，你看看怎么办？

老师没有回答，却一手搂着叉仔一手搂着大番薯：那些钱都捐了，帮助林洁萍请护理她爸爸的护工。

阿黄嫂反应不过来：什么？林洁萍？护工？

刘老师：为了林洁萍能够继续上学，学校发动大家帮助林洁萍的家，何昌生他们放学后自动去收废品。

阿黄嫂想说什么，张大嘴却说不出话了。

叉仔妈：哎呀，我都不知道……

老师轻轻问叉仔和大番薯：为什么不告诉家长？

大番薯冲口而出：他们大人都是"孤寒鬼"（吝啬鬼）。

大番薯继而用胳膊肘顶了顶叉仔：叉仔不准我讲。

叉仔妈瞪着儿子：这么大件事都不讲？

叉仔：你会打我！

叉仔妈眉头紧皱：我几时打过你？你不说我就打你！

叉仔：我问过你捐钱好不好，你讲不关细蚊仔的事。

叉仔妈：我们大人捐钱就好了。

叉仔：你骗人，以前我捡到一分钱要交给老师，你说"不交"还"嘎啄"了我一下。我哭了，你用那一分钱买了一条"雪条"给我吃。

叉仔妈尴尬一笑：咸丰年代的事！仔，穷有办法，一分钱分开两半，捡到一分钱好似中六合彩！今时冇同往日，阿妈捐了10蚊鸡给潮州佬做手术。

叉仔把这件事写成作文，参加了小学生的征文比赛，得了二等奖，奖了一本保存照片的影集和一本书。阿妈特地去商店看影集和书的价钱，一共3元7角，她笑得有牙齿没有眼睛。

在白兰树下，阿妈不知道和街坊说过多少遍，老影集用小三角粘贴才能固定照片，这个新影集只要一张一张插进透明膜里就行了。

有客人来家里，她还把影集捧出来给大家翻看，总是加上"奖给叉仔的"这一句。

从此，阿妈和马来西亚姨婆、中国香港小姨通信，都由叉仔代笔。

二、请帖

这天，阿黄坐在白兰树下看着手里的什么。

叉仔爸喊了他几声，他才猛地一个激灵。回过神的阿黄把一张烟盒大的硬卡片递了过来：睇睇，四眼仔的名片。人家的彩印厂开张咯，人家到处派帖请街坊吃鸡尾酒自助餐。

叉仔爸的眼睛像猫看到老鼠一样，狠狠地盯着那小小的名片：王大明副总经理。

阿黄笑笑，从石凳上的一个大红信封轻轻抽出一张请帖，叉仔巷人家从没见过这样漂亮精致的烫金帖子。

叉仔爸看也不看就摇头说不去，还两手一掰要把请帖撕了。

"我去！"叉仔不知道从哪里钻出来一把抢过请帖。

"唔准去！"

"我要写作文！"

叉仔爸瞪着眼睛，好像咽不下什么卡住了。

阿黄慢吞吞地说：去睇睇也好，现在的四眼仔不一样了，人人都给他面子，以为他有料。

阿黄瞥叉仔爸一眼：去睇睇反骨仔搞乜嘢。

"反骨仔"这话打中了叉仔爸，他听了也点头了。

彩印厂开业这天，门前摆满了庆贺的花篮，四眼仔和他的香港姨丈西装笔挺，站在门前迎客。两个穿着红色锦缎旗袍的妙龄女郎毕恭毕敬托着个摆满鲜花的小盘子，为三五个常常在特区报露脸的宾客别上胸花。

接待大厅的边上摆了一长条铺着红布的桌子，各式各样菜肴和洋酒。那洋酒只有在糖烟酒公司干过的阿黄才叫得出名字："黑牌威""红牌威""交叉窿"（XO）。

阿黄吐出舌头：好贵的，正嘢！

四眼仔把请帖派给叉仔巷的所有老街坊，就是让凤娇阿爸知道他大展宏图的派头和风光，不羡慕也难。

他自信满满地握了握叉仔爸的手，领着叉仔爸和阿黄等五六个叉仔巷街坊走了一圈，一面看一面说，那眼神不时瞄一瞄叉仔爸。

四眼仔这个年轻人真不懂得人的复杂心理。

叉仔爸一肚子气，看到四眼仔的排场也就闭眼了。不少叉仔爸的老客户毕恭毕敬，边称呼四眼仔"王总"边掏出联系名片，叉仔爸能有好心情吗？

崭新的两台海德堡平印机灰蓝油亮闪闪，本来就刺眼，叉仔还跟在身边不时发出"哇哇"的赞叹声。

叉仔爸瞥了一眼那全自动的海德堡，心里涌出酸味。自己厂里的"卧飞"（四开平台机）比办公桌大一点，用双手送纸进几十厘米长的卡口，鲨鱼那样密密一排牙。

自己当学徒那年，记得印糖纸，机器后面坐着隔纸的女学徒，印一张放一张隔离纸。这是个爱美的留长孖辫的女孩，和师傅说想试一试，结果上去可能太紧张，一甩头就把孖辫甩进去了。幸好关机关得及时，没有出人命。

叉仔和大番薯在平印车间兜了一圈又回来了：阿爸，好大！一个车间等于你们一个厂。

四眼仔笑了。

叉仔回头和四眼仔说：一个大机器等于阿爸他们那个圆圆的，咣当咣当，一张纸放进去又拿出来的……

四眼仔：圆盘机。

叉仔：几多倍？

四眼仔微笑：冇计算过。

这些话，叉仔爸听得一清二楚，他装着听不见，想干点事情，干什么呢？他自己大吃一惊，他竟想点一把火烧了，烧了什么。他不敢往下想。

有人赶过来：王总，对外经济联络办的领导来了。

四眼仔像香港人一样很有礼貌地一撒手：何叔、黄叔，失陪啦，请大家自便。

叉仔爸也想灭掉心头火，他默默走到一个角落拿起人家备的威士忌，一口咕嘟吞了，好像喝广东米酒一样。阿黄也来了一杯，全然没有人家小口小口抿的那种斯文淡定。两人都是第一次喝洋酒，比自己爱喝的白酒贵了几十倍，既然来了就多喝几杯，赚回来了。

喝着喝着就喝上头了，阿黄对叉仔爸说：算了，冇饮啦，睇开点。

十字街七八个老熟人也过来了，都是第一次喝洋酒，不住地赞叹"好正"。

有个口无遮拦的人说：喂，何兆坤，几时轮到你们印刷厂？

这话把叉仔爸的火彻底撩拨起来了。

他和阿黄一唱一和，拿着酒杯好像坐在白兰树下，什么都敢说，什么都敢骂。这反骨仔的彩印厂，这不是那不是，恨不得人家立即"执笠"（倒台）……

叉仔最好奇那部海德堡平印机，他独自一圈又一圈围着它转，很神奇很神奇，哗啦啦一张张白纸被"嘴巴"吸进去了，从"屁股"出来就有了颜色。

四眼仔看叉仔爸能来参加开业酒会，本来一百个高兴，以为叉仔爸和阿黄喝得很高兴，还在大声说什么。他不知道叉仔爸借了酒意在骂自己，如何滑头如何不牢靠，还狗胆包天想谋自己的女儿。

直到有个好友看不过眼，过来和四眼仔咬耳朵说悄悄话，他才明白过来。年轻人本来火大，可他不能发火，一是因为凤娇，二是更不想搞砸了自己的脸面，大家过不去，以后更麻烦。

他比叉仔爸精明，压实心里的火，笑眯眯举起杯子走了过去，先敬叉仔爸再敬阿黄。

舌头麻麻、眼睛眯眯的叉仔爸喝不惯洋酒，还混了喝，一举杯又干了满杯，眼前已经晃着几个四眼仔；脑子迷迷糊糊还知道这个竖在自己面前的，正是恨的人。他也不说话，一扭头冲四眼仔撞过去。他很瘦，瘦得好似钢筋铁条，硬邦邦把毫无思想准备的四眼仔撞惨了。

四眼仔的眼镜掉了，一眼模糊，手里的酒杯一落，碎片如花。

众人傻愣在那里没有反应过来，叉仔爸又一撞，这一下四眼仔倒下了，额头碰在破酒杯的瓶底，一下裂开十多厘米长的口子，血呼啦一下涌出来。最要命的，身子砸中半边桌，桌一歪又砸在他的小腿上，结果起不来了。

叉仔还在琢磨，海德堡的肚子里有什么。他蹲下又站起，可都看不明白。突然，大番薯神色慌张地跑过来，边跑边喊：你老窦（父亲）癫了！

叉仔一跑进大厅就听到了大叫，好像是阿爸的声音。他冲到大厅围满人的自助餐桌前，看到阿爸傻兮兮地大笑大骂，还拳打脚踢那些西装革履的贵宾。

叉仔急得跳脚，一把抱住阿爸，没想到稀里糊涂的阿爸问自己：细蚊仔，你揾（找）阿爸？你揾错人啦！

叉仔跳着脚叫：走啦！

叉仔爸挥舞的胳膊扭动着身子：细路，我教你练拳！

他坦克一样撞来撞去，把这个开张酒会搅了个天翻地覆，没人可以拦住这个跟六叔公学过咏春拳的阿爸。

不管叉仔怎么叫阿爸回家，他都推开儿子，还说再叫"阿爸"就一脚踢走这个"百厌仔"（淘气鬼）。

最后，叉仔爸被几个保安合力拿下，什么都不知道倒在地板上，突然又一跃而起，把摆满酒和食物的餐桌掀翻了。

王大明的港商姨丈，看到这儿一塌糊涂，不由分说报警。

阿黄连忙摆着手说，只是喝多了，一会就醒了，不要报警。

叉仔突然想起六叔公，以前阿爸喝醉酒，只要六叔公大喝一声，他就安静了。

阿黄说：你快去！

叉仔立即冲出大门，跑回叉仔巷。

凤娇平日不是那种蛮不讲理的姑娘，不吭不气还爱眯眯笑，不过你要以为她是个软脚蟹就错了。她刚走到巷口碰到叉仔，叉仔嘟嘟噜噜说不清楚，四眼仔如何出事，额头如何撞出条裂缝。她问阿爸为什么要这样干，叉仔更是一头雾水。

此时，阿黄气喘吁吁赶回来了。

他对着凤娇大叫：你老窦打到四眼仔额头破了，起码要缝十多针，怕脚骨都断了，送医院去了。你老窦被捉到派出所……

她急得不管三七二十一跑回家，冲母亲发了火。一个从来不发火的姑娘发起火来也是很吓人的，平日说话粗声大气的阿妈连大气都不敢出，心里暗想女儿发起脾气和她阿爸一个样。

阿妈又哭又骂：你阿爸早就一肚火，怕四眼仔抢了他们公家的生意，他一时火起才打了四眼仔，冇怪。

阿黄也很急：有个工友打架进了派出所，后来送劳教坐监2年。

凤娇还想说什么，阿妈却紧紧抓了她的手：你快去求求四眼仔，冇告你阿爸，你清楚你阿爸……

待凤娇三步并作两步赶到医院，一看四眼仔脑门上的纱布血迹斑斑，膝盖以下包裹得好像一个大白粽子。凤娇二话不说扑过去，两只手抓了王大明的手，紧得不能再紧，怕一松手，王大明会像鸡蛋那样掉落散碎一地。

事实上，凤娇从来没有这样靠近过男人。她没想别的，只是觉得对不起四眼仔，也没想到会咬牙切齿骂自己的阿爸是"癫佬"（疯子）。她骂的时候鼓出了一颗又一颗大而重的眼泪，落在王大明的手上。

王大明舒服极了，他顺势握着凤娇柔暖的小手。凤娇不但美丽，性格也温柔。他这半年按照和凤娇的约定，说得到做得到。如今凤娇阿爸这一撞，倒把他和凤娇之间的一堵墙撞倒了。

王大明想用力挺身，突然痛得一颤，双手按在膝盖上。

"你的脚？"

"菠萝盖（膝盖）裂了。"

凤娇觉得自己要为阿爸赎罪，毫不犹疑地说自己这些天会过来照顾王大明。

王大明一激动又想抓她的手，凤娇很冷静地躲过了，满眼含泪：大明，有告我阿爸，阿爸错了，他醉酒有心。我会打工挣钱赔偿你们彩印厂……要赔几多钱？

王大明沉默了。

凤娇：你讲，一定要讲！

王大明垂下头：我姨丈讲要赔偿10万元以及登《特区报》道歉。

凤娇一下子愣了，10万元！她听过"万元户"，10万就是10个"万元户"，这是她有生以来听过的最大一笔钱！10万元，怎么赔？她吓住了，眼泪不是一颗一颗往下流，而是成片成坨夺眶而出。她用拳头压着它们，压住眼眶的泪却压不住呜咽。

四眼仔突然抓住凤娇的手：我答应你，我和派出所讲是一场误会。我也和姨丈讲，唔要你赔什么损失。彩印厂我也有股份，你嫁给我，我们成了一家人。我妈对姨妈有恩，姨丈、姨妈有仔女，我就是他们的仔，唔会难为我们，唔会难为你阿爸！

凤娇的身子一僵，什么也没说。

……

谁能预料这一撞的严重后果，早知道，叉仔爸绝对不会这么干。

当天夜里，阿九把醉糊涂的叉仔爸从派出所领了出来。叉仔爸看着眼睛哭成一个桃子那样的女儿还笑着说："喝得好爽！舒服晒！"

第二天中午，也就是他醒来的时候，老婆拧他的耳朵，拼命拧终于把他拧醒了。

"衰佬！"叉仔妈平日声音就大，这下就像打雷了，几乎把叉仔爸的耳朵震聋，他彻底醒了。

"我疼！"叉仔爸吼了一声，扭动身子要挣脱老婆的手。

"疼死你！疼死你！"老婆扭了又扭。

"你吃错药了！"叉仔爸跳起来，一把推开老婆，他也发狠了。

"癫佬！何兆坤！凤娇走了！"老婆声嘶力竭地大叫。

"乜嘢？"叉仔爸的眼睛瞪得好大，好像吃人的老虎。

"凤娇去了四眼仔那里！"和叉仔爸过了20多年的老婆一副天不怕地不怕的模样，一屁股坐在往日叉仔爸常常坐的沙发上。

"她敢！"叉仔爸大声吼的瞬间，突然脑袋刺痛，好像针扎一样。每一次酒醉过后都这样，他抱着脑袋坐下来。

"癫佬！你搞人家彩印厂做乜嘢？好！凤娇说了，她要同四眼仔好了！她本来唔想的，你搞人家，你黐线！你吃屎屙饭！你人头猪脑！"

突然，叉仔从门外跑进来，高兴地喊：家姐回来了。

凤娇只是叫了一声阿妈，就不吭不气往自己房间走，好像阿爸是透明的。

叉仔爸不想发火，他明白自己昨天有点过了，过就过，他就是要过。现在四眼仔知道不是叫两句师傅、吃顿饭，就可以把凤娇送给他的。他背着手，故意慢吞吞趿拉着拖鞋走进女儿的房间，叉仔也静静地跟了进来。

"呃，今晚我斩只烧鹅，叫你阿妈煲靓汤。"

叉仔大叫"好"。

凤娇语气冷冷地说不用了，她这些日子要照顾医院里的大明，彩印厂有厨房，方便煲生鱼汤，她不回来吃也不回来住了……

凤娇话没有说完，叉仔爸火山爆发了。

住彩印厂？这还得了？他先把四眼仔骂了个狗血淋头，还说自己下手轻了，打断他两条腿，或打盲他两只眼都冇怕，最多坐几年监，睇见个反骨仔就眼冤（看见这没良心的就恶心）。

凤娇打断他的话：你有本事唔好喊打喊杀，你有本事我听你的，你要打死王大明就先打死我，我唔怕你！你睇见人家眼冤，我睇都唔想睇你！

"唔想睇我？我怕你？你出得去就唔好返来，你唔认我，我亦唔认你。"

叉仔急了，从没见过家姐和阿爸吵架。他跳到他们中间，还大叫阿妈。

阿妈赶来了，一遍遍说别那么大声，少两句行不行，左邻右舍听见了，多丢人。

吵得正凶的父女会听吗？说心里话，叉仔爸不想女儿走，就因为不想女儿走，他才越骂越凶：你走！好！你走！我告诉你，我白白养你21年！你马上走，你叫那个四眼仔养你！

凤娇：我做乜嘢要他养！我有工作！

凤娇的话令叉仔爸突然想起了七叔，他挺起腰身，声音显得比女儿更中气十足：工作！你老总的老上级是七叔公，也是我的老友。你行出一步，我就叫他炒你鱿鱼，睇你有冇工作！

凤娇正弯着腰站在衣柜前，这话好似炮弹把她炸了起来，脸色铁青却说不出话来。

叉仔爸暗喜打中了女儿的要害。凤娇在酒家学习礼仪担任大堂咨客，她喜欢这一份工作，不会为了四眼仔连工作都不要的，他太有把握了。

凤娇猛然一蹲，动作比先前更大更烈，哗啦啦掏出一件一件的衣服。

叉仔爸忽然有那么脑子一片空白的片刻，凤娇铁了心要跟四眼仔？什么也不怕了？他措手不及地看了看什么，不知该怎么办。想不出主意的叉仔爸不想了，他老虎一样扑过去，扬手打自己的女儿，女儿挺起身子就这么迎着他。他想不到女儿不躲，于是那手软软的不听指挥，没落到女儿的脸上。说实话，这个女儿从小就很懂事，他从来没有打过女儿。不过，手已经扬起，一秒钟之内就要找个落处。于是，它们也不知道为什么落到那衣柜里头。这手找对了地方就好似又凶又猛的五头鹰，拼了命啄，把一件件女儿的衣服，连内衣裤也啄出来了。叉仔爸连扔带踢，后来干脆把整个抽屉拉出来……

叉仔吓住了，阿妈吓住了，愣看着阿爸火烧屋那样，一把将凤娇的抽屉带衣物，轰的一声扔出大门，散了满满的石阶。

白兰树下的街坊，三三两两围了过来。

凤娇除了伤心就是羞，羞到尽头就是坚定。她一把抹去眼里滚出的冷泪，脸红耳热地收拾起一地衣物。

叉仔知道家姐，她的小东西除了自己谁也动不得，晾衣服的时候都把这些小东西掩盖得好好的。

凤娇看也不看所有人，直起身子走出了大门。此时她有一点犹疑，脚步很坠很坠，绑了麻绳那样一阵踉跄，走了。这可是自己从出生住到现在的家，如果这时候阿爸或是阿妈说那么一两句好话，或许她会留下。

只有叉仔不顾一切拉住家姐的胳膊：家姐！

"走！走啦！"

叉仔爸的爆叫令围看的人瞪起眼睛，一声不吭。

凤娇慢慢抽出自己的胳膊，走出了巷口，巷子静了，屋子很静，剧终人散。

叉仔爸默然返家，只有叉仔妈窝在沙发上呜呜哭，那声音很像一个孩子，一个孤苦伶仃的孩子。

他在心里骂，哭哭哭，有什么好哭！

骂了老婆的他回到卧室有点冷静了，女儿走了，后悔了，他在心里骂自己，哎！说话不能软一点点？七叔批评过自己做事冇余地，过墙钉冇弯转。

他自言自语，扬起手给自己一个耳光，手就要到脸上的时候，突然看到老婆进屋，赶紧装出打蚊子的样子在脸上拍了拍、掐了掐还小声嘟噜：死蚊仔。

叉仔妈：你去揾七叔，睇睇有冇办法。

叉仔爸：你就当冇生过……

叉仔妈气昏了，什么话也不说，突然把自己的枕头抱出去了，抱到了女儿的房间。

三、招工

天色暗了，叉仔妈躺在女儿的房间故意不做饭，可突然想起什么就慌慌张张跑出门外。不一会儿，她又回来了，在卧室房门外大声吆喝：叉仔不见了。

叉仔爸猛地翻身下床冲到大厅：叉仔！

阿妈：从巷头搵到巷尾，连六叔公凉茶铺都冇！

阿爸：大番薯家？

阿妈：叉仔去大番薯家睇白猫生崽，后来就走了。

阿爸一屁股坐在沙发上，猛抽烟，一支接一支，突然摁灭烟，找到厨间那只喂猫的饭碗，当当当地敲打起来，从里到外持续不断。

听到了一声"喵"，他抬起头，是从楼梯上传来的，只见一扭一扭不紧不慢下来的虎仔。

猫的后面并没有叉仔爸预想的叉仔。

他一步步往上，一直到了天台。

天台摆着一张懒佬竹椅，叉仔交叉着双手，半躺在椅子上头，好像在看也好像在想。

阿爸长长地松了一口气，在另一张椅子上坐下了，看着叉仔想说些什么，却找不到要说的话。

猫也蹑手蹑脚跟来了，毫无预兆忽地跳上阿爸的大腿，这让阿爸有点吃惊。

叉仔赶紧叫了声阿爸。

他怕阿爸像往日一巴掌打走猫，呆看着。

阿爸瞪了瞪虎仔，真的要举巴掌，不想这猫用肉爪撩了自己一下，软软的。他突然被什么搅动了一下，不禁伸手摸了摸它。猫已经很壮，它懒懒地"喵"了一声，很受落（乐意）地翻开肚皮。

叉仔：虎仔真的做了猫爸爸。

两个多月前，白兰树下虎仔和大番薯的小白猫追来追去，后来小白猫被虎仔骑在身上咬着后颈，叉仔大吃一惊就要赶走虎仔，阿爸拉住他说虎仔很快会做猫爸爸。

猫在阿爸的脚下蹭了好几蹭，阿爸没吭气，看着想着什么。

模糊的夜色里，被高楼包围了的叉仔巷，窝在一片闪闪烁烁的灯火之中。突然一阵鞭炮声响起，不知道哪家酒店或是发廊、超市开张了。

鞭炮声消停后，叉仔爸咔的一声亮了火机。他点烟的那会儿，叉仔看着他：阿爸，你唔开心。

阿爸不看儿子，猛吸了一口烟又吐出一口烟。

在家姐和阿爸的这场战争中，叉仔表态了：阿爸，你做乜嘢去捣乱（你为什么去捣乱）？

阿爸不回答，出奇的安静。

叉仔很想说话，说什么呢？说起自己不开心的时候，脑瓜里面好像有两个"我"，一个恼一个不恼，"我"和"我"在打架。

叉仔轻轻问阿爸：你有冇两个打架的"我"？

叉仔爸竟然点头了。

叉仔点头：我知道你好恼，你赶走家姐，她哭得好伤心。

叉仔爸：火遮眼，冇办法。

叉仔：我有一个办法，你摸着头讲"快走，快走"，赶了那个"恼"，就讲"关门，关门"。

叉仔爸有点惊奇：真的？

叉仔用力点头：我试过，你试一下。

阿爸不置可否。

叉仔：你恼海德堡平印机？

阿爸摇摇头。

叉仔：你们厂做乜嘢冇买？你有了就唔眼红唔恼了。

在叉仔的眼里，这是多么简单的问题。

阿爸叹了一口气……时间一点一点漏去了，阿爸又叹了一口气，漏走的时间回不来了。

叉仔：阿爸，我有一个秘密。

阿爸抬起头吃了一惊，儿子还有秘密？

叉仔：我被电过。

阿爸一下子挺起腰，被吓到了。

叉仔一本正经地说，这是自己的第一次物理实验，想到了爱迪生和富兰克林，想到了"失败乃成功之母"。接着他又赶紧坦白，电的时候只是好怕，后来才想的。

阿爸眼睛一瞪：乜嘢爱迪生，你连电都玩，冇电死你就捡到福了。

叉仔一五一十地把自己被电过的秘密告诉了阿爸，他不知道为什么要说，就是想说。说完了，叉仔问阿爸记不记得给自己买过很多关于电的书。

阿爸记不起来了。

叉仔小声说：阿爸，我恼阿爸的时候就用力想，想阿爸帮我买过好多书。

阿爸：你恼阿爸？

叉仔一脸认真：你赶走家姐，我好恼。后来，我就用力想阿爸帮我买过好多书，赶走了那个"恼"，现在我不恼你。

阿爸弹弹手里的烟灰：老师教你的？

叉仔摇头：我自己教我的，你试一下！赶走你的"恼"。

阿爸听着听着，心头一颤，猛地站起来：走，去吃炒河粉！

叉仔高兴极了：叫阿妈？

阿爸：叫！

不知道叉仔爸有没有试试叉仔的办法，不过第二天下班后，他去找七叔了。

七叔一看他，就问凤娇为什么要辞工。找一份好的工作不容易，辞了工干什么。凤娇也不说，总之辞工不干了。

叉仔爸：批准她辞工了？

七叔公：经理说凤娇做得很好，她讲从今天起辞职，人家酒店不能有咨客，就要马上请新人。或者叫她一个星期之内回来上班，当放一个星期的假。

叉仔爸不再说话，也没有什么可说。女儿已经比他先走一步，直到这时候，他好像才认识自己的女儿，在自己身边21年，不清楚她性子这样硬，你硬她比你更硬。怎么办？他朝七叔点点头，做出很有把握的样子，好像凤娇一个星期后真能回来上班似的。

叉仔爸回家后不理叉仔妈，好像事情闹到这样全是她之过。

一连几天，叉仔爸真应了叉仔说的，脑子里面有两个人在打架。明明急得很，却又要在叉仔妈面前装得什么事也没有，直到星期天，他走进叉仔房间，坐下了。

阿爸叫叉仔的正名：昌生，你去揾你家姐，叫她上班，七叔公讲放她一个星期的假，明天刚好一个星期。不去就晚了，这工作好，有瓦遮头，你叫她不要这么笨。

叉仔偷偷想，阿爸自己想要家姐回去上班，又说七叔公说的，一天到晚教人好汉做事好汉当，现在像个缩头乌龟。

他笑出声音：你自己去，我约好同学啦。

叉仔爸恼了，像只吃人的老虎低声吼叫：你去！

一直偷听的叉仔妈跑出来：要去你去，何兆坤，你冇胆！

气球被捅穿了，叉仔爸话里夹杂着呼吸的唏唏声：我，我怕？以为我冇见过大蛇屙屎！

叉仔不想看到阿爸和阿妈争吵，他高举起双手，模仿电影里那些投降的美国兵大声说"我去"。

他逃跑一样奔出家门。

还有半个学期就上初中的叉仔，第一次被阿爸委以这样的重任，有点不知所措。一路上他想着阿爸说的话，一路想一路走，不再东蹦西跳，学大人规规矩矩一条直线往前走。

深南路那家深圳最大的银行外，一圈人围着看一张大红纸，银行第一次在深圳公开招工考试后公布的录用名单。

叉仔一下钻进红榜的前面，只见第一个名字：何凤娇。

叉仔睁大眼睛一连看了三遍，真的！何凤娇！

他乐颠颠地叫了：何凤娇！我家姐！

有人扯住他的胳膊，没想到是脸儿红扑扑、笑眯眯的家姐。

家姐很高兴，请弟弟吃最爱吃的炒河粉。

凤娇辞工的前几天就听同学说银行公开招工，一辞工就找到贴招工广告的银行。银行的条件都符合，她也喜欢银行的工作。报名的最后一天，谁也不用商量，自己决定了自己，当下报了名。

第二天参加了考试，最难的英文一关，她在工人文化宫学英文的工夫没有白费。

录取了真好。

叉仔一五一十地把阿爸的话告诉家姐，连阿爸说七叔公说的也说了，还把自己对父亲的分析也说了。他没有忘记阿爸的重任，不过完全站在凤娇的立场说话，认为阿爸一点道理也不讲。现在多好，家姐谁也不靠，自己考上了银行。

凤娇含着眼泪笑了，连淘气的弟弟都明白自己，阿爸却一点也不明白。弟弟的明白让她很感动。小时候家里穷，一件新衣服家姐穿旧了弟弟穿，有一年的八月十五，他们为了分一个月饼，你的半个大还是我的半个大，吵了一架。

想到这里，她把自己碟子的河粉扒拉了一小半给叉仔，并说：昌生，我饱了。

家姐也叫自己"昌生"了，他好像被什么撑起了腰杆，下意识挺了挺胸膛：家姐，阿爸冇恼你。

凤娇眼里的泪差点涌了出来，一个姑娘家，所有的邻里都看着她的东西被一股脑儿扔到小巷子，骂她的话要多难听有多难听，什么自尊都没有了。如今弟弟这么一说，她心都化了。

叉仔想想又说：我冇恼阿爸，他为你好。

凤娇苦笑：为我好？

叉仔：阿爸阿妈如果知道银行的红榜，肯定好开心啊！

凤娇抿着嘴笑，这是真的，阿爸阿妈会高兴得斩烧鹅了。明明笑着却有一颗泪"咕嘟"溜了出来，她装着沙子进眼睛了，赶紧用大拇指把它擦去……

叉仔突然想起什么，掏出一张《深圳特区报》，说小杨哥写的文章上报纸了！

凤娇接过报纸看得很认真，那是一个"电熨斗"的故事。山上的哨所不是裁缝店，为什么非要买"电熨斗"上山，难道士兵要熨衣服？不是熨衣服是熨人！1000多米高的山上，晴天云雾缭绕湿气重重，雨天风来水去身上湿了干干了湿，铁也会生锈，更何况人。有的老战士患上风湿关节炎，膝盖都肿了，什么药都不顶用，用微热的电熨斗熨风湿是他们的土方法。

叉仔：我看过小杨哥用电熨斗熨膝盖。

凤娇：试试六叔公浸泡的药酒，就放在家里电视柜的下面。

……

叉仔爸听到消息，瞪着昌生不说话，不相信是真的。

叉仔毫不掩饰自己的高兴，满脸笑，还在椅子上蹦了蹦：你自己去睇睇，红榜第一名何凤娇！

叉仔爸决断地从椅子上站起来，一副不屑一顾的模样。

阿妈高兴得不得了，忙说：真的？我要去看看！前脚说话，她后脚已经出了门。不到20分钟她小跑着回来了，真的考上了！谢天谢地，天阿公保佑，辞了工又找到工，还是银行的工，比原来的好，做梦都想不到啊！不过，她看到叉仔爸的时候故意不说话，她不说叉仔爸也不问，还做出一副什么也不想知道的样子。

凤娇妈洗米做饭这会儿，叉仔爸摸了摸口袋，烟没有了。他出去转了一个圈，当然转到放红榜的地方去了，看到真真切切是女儿的名字。高兴还是不高兴，连叉仔爸自己都摸不准，他狠狠地吸了一口烟，才知道指头上的烟早已没有火了。

他嘟噜了一句：哼，冇银行招工就死定了。

女儿是妈身上掉下来的肉，凤娇走后，阿妈可是没有睡过一个好觉。

她早就偷偷问准叉仔，公共汽车从东门上车坐5个站，就到了凤娇住的彩印厂宿舍。

总盼望一年365天都有工开的她瞒着叉仔爸，破天荒请了一天假，像地下工作者一样，坐了1角5分钱的公共汽车，来到彩印厂宿舍对面的杂货店。她假装看油看米，进进出出了好几回，恨不能长十双八双眼睛，不漏过对面进出的人。

临近中午，她才看到凤娇从外头回来。不就半个月没有见面，母女却像分离了十年八年，见面的瞬间眼圈都红了。

阿妈一开口就说：瘦了，冇汤水。

凤娇摇摇头：我自己煲汤。

阿妈想说什么却吞回去了。

凤娇转了个话题：阿妈，你会恼我吗？

阿妈把沉甸甸的菜篮子送到凤娇手上：你是我生的，我不知道你？我买了苦瓜，还有猪肉，不是傻猪肉，是新鲜的。

母女俩找了个没有人的地方说悄悄话，凤娇说自己明天就要到银行上班了，这银行工作有多好，她们班里有20多人考，考上的同学只有3个。

阿妈说女人千万不要行差踏错，一失足成千古恨，冇结婚就不要让男人动自己。她说了谁和谁"没有打钟就先进饭堂"臭得不得了，结果那个男人还是冇要她。女人千千万万不要水性杨花，到头来自己吃亏。

凤娇妈把声音压得几乎听不见：凤娇，你讲王大明好，我讲唔好，你会恼我。有些话冇人同你讲，你讲实话，那个四眼仔有没有动你？

再笨的人也知道这个"动"字的意思，凤娇皱起眉头：阿妈！

"凤娇，你同我讲实话，男人，坏！唉！你不知道……"

"冇……阿妈……"

"你住他的地方……难讲……孤男寡女！男人，好流氓！"凤娇妈急得好似要把心都掏出来给女儿看看。

"阿妈，我同一个彩印厂宿舍的女仔孖铺，明天就搬到银行宿舍……"凤娇把阿妈的手拿在自己手里。

这下凤娇妈心上的石头才放下了，一看日头西下，也就准备回家。她走了两步又想起什么，摸出一个包得严严密密的小包：粮票十斤，油票二两，还有肉票、糖票这样那样的票儿。

"阿妈，都给我了，这个月你们没有肉票了……不……"

"你不要管我……"

一看母亲沉了脸，凤娇点点头，要了粮票，肉票怎么也不要。她说自己有个同学去了湖南猪仓，她也可以买傻猪肉。她不敢说这些天来，天天去自由市场买高价肉、高价米。她知道这么一说，阿妈一定会说太贵了。

凤娇突然想起，听说要取消粮油票了。

阿妈乐了：发梦！

没想到几个月后，也就是1984年11月，真的取消粮油凭票供应。阿妈怕是假的，第二天一早去买油买米，大都是她这样想的人，结果排了很长的队，成了笑话。

两个多月后，叉仔的香港梦也成真了。

阿爸阿妈带着叉仔，参加了香港5天游的旅行团。去一趟香港可稀奇了，去之前叉仔剪了头发，买了新衣服，还得意地向同学们宣布：我要去香港玩！

第一次走过罗湖桥，那是一条窄窄的桥，桥下的河是黑的，这就是香港和深圳之间的那条河，就是那年阿妈她们想"督卒"的深圳河。

叉仔特别好奇，香港和深圳到底有哪些不一样。严肃的海关关员、持枪携犬的缉私警察和出入境柜台前的排队人龙，看着看着就乱了。他不觉得自己和那些从香港过来的人有什么不一样，只是香港人说话不时夹杂英文，什么"sorry"和"ok"，还有"yes"和"no"，一点点事情就说"唔该"，怪怪的。

当他坐上香港火车才知道真不一样，干净，地上没有一点尘埃。住进美丽华酒店，叉仔更觉得像《网中人》了，所有东西都是富贵人家用的。阿妈叫叉仔不要乱动，整坏不知道要赔多少钱。

山顶缆车、香港太空馆、中环和尖沙咀，还有晚上那些闪闪烁烁的灯光，都令叉仔着迷。

香港游的唯一遗憾就是亲戚们都很忙，小姨死活不让去家里看她，只好约在酒楼喝了一次早茶。

　　只有大舅领他们去他的家，一间自己改建的木屋。叉仔吃惊极了，就算不是电视里的豪华房间，也不是这样的木屋啊？走起路来嘎吱嘎吱响，阿妈不小心踩到一块烂板，半只脚丫踩了空。

　　叉仔终于明白大舅舅为什么要在深圳娶舅妈了，阿妈眨眨眼，一句话也没有说。

四、省城

叉仔小学毕业了，那是第一个没有作业的暑假。

刚开始的几天，叉仔他们就像做梦一样，闲闲傻傻地在六叔公的天台晒太阳和吹水（吹牛皮）。个子已经接近一米六的叉仔和大番薯都希望再增高15厘米，争取进入校篮球队。豆豉依旧没有飘高的势头，一米四九的身高是毕业班男生倒数第一，毕业班集体照相，他站在最后一排踮起脚尖令自己不太难看。

进入篮球队？他想都不敢想。豆豉的长项就是跑，100米、400米和2000米的年级第一名让他包揽了。

突然，他抬起头愤愤不平地瞪着两人，故意压低自己童音不变的嗓门：冇讲篮球啦！

叉仔愣了片刻后，抱抱豆豉的肩膀：那组一个接力赛的小组，把"大炮"也拉进来。

大番薯突然做了个麦克杰逊的摇摆动作：组一个乐队！把"胶己人"也拉进来，她唱女声。

豆豉用力摇头。

"胶己人"林洁萍的阿爸恢复健康后，不东奔西跑了，在中兴路和翠园街之间租了个小小的档口卖烧烤食物。那些从北门坊拆迁搬来的孩子和街坊，特别喜欢他的炭烧香肠、猪排、鸡翅膀，生意好得不行。"胶己人"一放学就帮阿妈腌制鸡翅膀等，如今暑假更是帮家里打理烧烤档口。

叉仔：人家"胶己人"有你这么闲。

大番薯耸肩摊掌表示少数服从多数。

"大炮"闷得慌，一接到他们的电话就从蔡屋围赶来了。第一次走进叉仔巷，他也不看门牌就像站在武警家属大院仰头大喊：叉仔！大番薯！豆豉！

六叔公的天台朝巷子这一边露出3个雀跃的脑袋和摇晃的手。

阿黄嫂也从自家窗子探出身子。"大炮"的身高已经一米七五，身板还很壮。阿黄嫂心里狐疑怎么有个生面人来找孩子们，可走出家门只看到进入六叔公家的"大炮"背影……

几个孩子在六叔公天台越说越合拍，除了"大炮"小时候在广州住过，他们都没去过广州。"坐火车去省城闯一闯"的念头被点燃了，他们脑袋一热决定明天出发。

各自回家征得家长同意的细节就不说了。

叉仔爸每天累得直不起腰，可心情格外好。老印刷厂和香港的印刷公司合作，新建深圳宏华彩色印刷厂。最先进的印刷设备已经进场，比四眼仔他们的海德堡还多出2台。当初，连叉仔都看明白了，自己却糊涂了，跑去四眼仔的酒会闹，肠子都悔青了，不值。他当机立断找对外经济联络办联系外商，如今天都亮了。

他接到叉仔说要去广州的电话就说支持，还提醒记得去看爱群大厦，千万不要像在深圳那样想过马路就过马路，要看红绿灯……

第二天上了火车，大番薯才说自己先斩后奏，留下一封说去广州看世界的信，不管阿妈阿爸同不同意，走了再说。

广州比深圳大多了，他们傻看着车子咣当当地来和去，在中山路看到101路电车。编号都到了101，可想而知车多到什么程度。深圳公共汽车数出来就7条线路，除了去南头、盐田、布吉、水库这些郊外，经过市区就1、2、3号线。下午4点钟就是最后的一班车，晚上就只有自己的"11路车"（两条腿），红绿灯也只有东门旅店附近的一个。

省城的夜晚和白天一样亮，车一辆接一辆，一个十字路口就有一个红绿灯。叉仔突然咕嘟一声笑了，记起了阿爸的叮嘱"绿灯亮起才过马路"。

他们在广州凭着叉仔爸给的一张地图四处走，坐公交去小北花园，找他们小时候唱的"肥公的肚腩大过越秀山的篮球场"的那个越秀山，没去篮球场。他们跟着路标找到了暗红色的五层楼，六叔公说这是岭南第一景镇海楼，明洪武十三年（1380）建造，有600多年历史了。

照相机稀罕，他们一看五层楼下有专门照相服务，开开心心照了相留下地址，冲洗后大约一周就可寄到深圳。

他们去叉仔爸说的爱群大厦，有一点点失望，不说和国贸大厦比，连人民南路建好的25层国商大厦都不如。走着走着就走到了长堤，一眼看到了珠江，看过河看过海的叉仔也不惊奇，只是不觉停下了脚步，一群在江中逆流游动的人令他心痒痒的。若这是深圳水库大坝下的那片水，他早就剥剩一条裤衩跳进去了。

最后的夜晚，他们去逛北京路。在北京路新华书店，叉仔找到了关于建筑的书架。哇，光是建筑类就有几列书，他翻来翻去翻入迷了，直到书店要关门了还不知道哪本好。豆豉喜欢香港电视明珠930的福尔摩斯侦探片，来书店一门心思找福尔摩斯的侦探书。大番薯买了本唱歌的书，哦，最奇怪的是大炮，人高马大却买了本《儿童画报》。

回深圳的火车上，看过省城就好像那些见过大世面的人，他们说话也放开了。好像车厢就是白兰树下，那声音响得半个车厢的人都转头看"叉仔、大番薯、豆豉和大炮"，古怪的名字逗得前后邻座好些人扑哧扑哧笑。

叉仔悄悄和几个同伴碰了碰脑袋，说以后不叫叉仔、大番薯、豆豉和大炮了。

从此，他们是何昌生（叉仔）、黄金海（大番薯）、吴大源（豆豉）、李小军（大炮）。

……

回到深圳火车站，他们没坐2毛钱的1路公共汽车，不是省钱，只是想在路上碰到同学和熟人，人家问从哪里回来，就大声说"省城"！

穿过六叔公的凉茶铺进入叉仔巷本是捷径，一年365天都开门迎客的凉茶铺，这天却大门紧闭。

更奇怪的是，阿黄嫂等在巷口，一见儿子就扭着他的耳朵凑过去轻声说了什么，大番薯则用力摇头还跺着脚大声说：冇！

阿黄嫂把他们带上凉茶铺二楼，吴嫂和叉仔妈都神色紧张地坐在椅子上。叉仔的心突然一沉，六叔公出事了？此时，派出所的民警阿九搀扶着六叔公从房间走出来。

恰恰是他们去省城那晚，六叔公的凉茶铺被小偷光顾，撬了抽屉盗光里面的钱。六叔公闻声而起只看到小偷背影，一着急扭了脚。邻居阿黄夫妇也失窃了，他们睡得很沉，第二天起来搭在椅子上的外衣没了。小偷不知道用什么把衣服钩出窗外，翻出钱包拿了钱还在白兰树下拉了一泡屎，空了的钱包就扔在屎坨上。

阿黄嫂看着民警阿九：问问叉仔，来揾他们的"高佬"系乜嘢人（来找他们的"高佬"是谁）？

阿黄嫂又回头看着孩子们：六叔公睇到个贼仔系个"高佬"！

吴嫂很焦急：我敢对天发誓，豆豉不会和贼仔一齐……

叉仔妈抢着说：叉仔去广州的钱，我给的，冇睇过也嘢"高佬"……

叉仔挠着脑袋一头雾水，听到这时突然清醒：上天台的是大……我们同学李小军，我们一起去了广州。

阿黄嫂看着阿九：啊？"高佬"是你们同学？一起去广州？

六叔公什么话也没说。

阿九突然问：你们不是小偷，可你们偷偷打开了六叔公那个密室。

三个孩子吃了一惊，眼睛瞪着忘记了眨眼，尤其豆豉，嘴张开几乎塞得下一个叉烧包，一脸你怎么知道的神情。

阿九掏出了一枚回形针：你们偷偷搞乜嘢？漏下了"它"。

叉仔从小就好奇这个半地下的密室，问过六叔公里面是不是也有个宝葫芦。六叔公却说你不要乱动，后来密室就锁起来了。

李小军来的那天，他们又嘀咕起密室的秘密，可密室锁住了。豆豉的小眼睛滴溜溜一转却说冇问题，他竟然把一枚回形针的一个小弯曲掰直了，插进锁头扭了扭真的开了。

没什么金银财宝，只是一些奇奇怪怪没见过的东西，有的像独轮车，有的像管子，还有一面铜锣和一些废旧铁线……

阿九：你们想把里面的东西当破铜烂铁卖掉！

豆豉再也忍不住了：哇！大侦探福尔摩斯！

阿九看了豆豉一眼就转向六叔公说：六叔，你讲讲，不讲他们真会卖掉！铜和铁都放好一堆了。

六叔公轻轻拍了拍大腿：现在那些东西冇值钱了，以前是我们十字街的宝，我阿爷讲是太阿爷留下的……

六叔公讲起了那些破铜烂铁的故事。

深圳墟原来只有几条小巷小街，开商铺的新会人成立了一个互相照应的同乡会"江洲义会"。后来开商铺的人越来越多，广州人、东莞人、梅县人、惠州人、潮州人等都来了不少。民国时天灾人祸，军阀乱战，连军队都来抢老百姓的东西。这还不算苦，很多人住木板楼房，户户人家都烧柴火，一不小心就着火，一起火常常烧一大片。街坊们只有互帮互助自己救自己，自发组建了一支消防队，配有手拉的"火烛车"（消防车）和铜水枪。一有火灾马上沿着街巷敲打铜锣，四处街巷的大人小孩一听到锣声就拿着木桶、木盆、铜煲、铜盆，有的在储水缸勺水，有的从水井打水，扑火的扑火，救人的救人。太阿爷年轻，有气有力，被推举为队长，一有火警就拉着"火烛车"冲到最前面。

火最无情，有一次绸缎店铺着火，他救出了几个小学徒和好多捆布料，自己却被杂物压住出不来，从脖子、肩膀到胸膛都烧得起泡脱皮，不久伤口还化脓了。后来，几条巷的人不分大小，你一铜钱、我一个银两，硬是筹钱请了一个老中医。深圳找不到的药就去香港买，有一种草药香港都买不到，老中医亲自上山找到了，把什么地榆、血余炭、栀子、黄柏等上10种药捣成粉末加上树油敷在伤口上，每天换3次药，大半个月后伤口不再流脓流水，结疤了。太阿爷常说他的命是大家给的，后来也跟了老中医上山采草药，渐渐就有了门道，后来好多烧伤的人都被太阿爷医治好了。太阿爷死前把"火烛车"、铜水枪和铜锣都交给了儿子，也就是六叔公的阿爷，说这几样是十字街救命用的宝，一代传一代传到今天。

大番薯皱起眉头：有消防队了，这些烂铜烂铁冇用了，冇舍得卖？

六叔公：年轻时候我都用过，舍不得丢，卖了丢了永远都冇了。

豆豉：太阿爷要知道今天有消防队，多高兴啊！

叉仔倒是皱着眉头想：六叔公，他们叫我何昌生，我好像也舍不得以前的"叉仔"，好奇怪。

……

话回到小偷上。

阿九对大家说，小偷不是本地人，这几年外来人"爆棚"，盗窃团伙起码有2个人以上，不仅仅叉仔巷，其他街巷也发生盗窃案，手法相似。小偷很可能有武器，大家街坊都要小心，首先安好门锁，可以加装铁门，看到奇怪的生人就报告……

孩子们第一次和大人们一起商议叉仔巷大事。叉仔和豆豉屏住呼吸一句不漏地听，大番薯却有点坐不住了，恨不得立即抓个小偷显身手。

阿九：如果发现小偷作案……

大番薯：打铜锣大声叫"捉贼仔"。

阿九：你们细蚊仔不要叫，不要惊动小偷，马上打电话。

叉仔：我们不是细蚊仔了！

阿九：好，何昌生、黄金海、吴大源，你们几个听着，看到小偷作案就打电话，我的电话……

叉仔：我们可以跟踪。

豆豉：好像福尔摩斯一样。

阿九：跟踪乜嘢人？

叉仔：生面人！

大番薯模仿电影上那些鬼头鬼脑的小偷模样。

阿九：深圳不像以前，大都是生面人。

叉仔卡了一下，突然凑近大番薯、豆豉，和他们耳语，他们都点头了。

他转头对六叔公说：我们把小偷偷走的一百几蚊（100多元）赚回来。

阿黄嫂立刻反对：有本事去挣一百几蚊？你们又去收

烂铜烂铁？北门坊的人都搬走了……

没想到六叔公却说好，孩子们这才高兴了。

阿九笑了，让孩子们出去玩，大人们留下商量事情。

……

阿妈一回家就问挣钱的事，叉仔边逗猫边让阿妈不要管，还说要查出到底是谁偷了六叔公的钱。

阿妈大吃一惊：叉仔！你有乜嘢本事？

叉仔按着猫脑袋：阿妈，你以后叫我昌生。

阿妈：啊？

叉仔：叉仔！叉仔！人家以为我是细蚊仔。

阿妈笑得喘不过气：你13岁的生日过了几天？就是细蚊仔。

叉仔瞪了阿妈一眼，转而轻轻掐着猫脖子晃了晃，猫舒服得呜呜叫，他才抬头看着阿妈：你讲你13岁就去挑土筑堤坝，阿爸13岁会煮全家人的饭菜，讲我大个仔，现在又讲是细蚊仔！

阿妈哑口无言了：好，大个仔。

她掏出阿九的名片放在电话机旁边，说阿九布置大家不要搞得太紧张，和平时一样，一发现可疑人就报告派出所。

不到一周，叉仔巷人家大都安了铁门，窗户也装了铁网，六叔公的凉茶铺更是安了卷闸门，凉茶铺多了一个新伙计。

　　"叉仔们"密谋去"走山"，帮六叔公挣回100多元。

　　叉仔二三年级时就跟过六叔公"走山"，农历二月至十月可以采灵芝，有黑灵芝、白灵芝、红灵芝，腐朽树墩上的灵芝，只要肯"走山"，多多少少会有所获。他们喊上高个子"大炮"李小军，每天带了干粮和水壶，天刚亮出门傍晚才回家。家里的大人也怪，不闻不问一点也不关心似的，这让他们开心极了。

　　他们走了几天山，爬坡攀树就像小猴子，采到灵芝那一刻实在太高兴了。这天，个子最小眼睛最尖的"豆豉"吴大源发现了一株灵芝，只是那腐朽的树长在悬崖边上，有一半已经坠落。

　　"叉仔"何昌生有点犹疑也有点慌，学着六叔公往巴掌上吐了一口唾沫，搓搓手"上"，当他仗着胆用力吸了口气抓了石头缝隙往上攀爬的时候……

　　"昌生！"

　　回头一看竟是六叔公，六叔公严厉的眼神逼着他下来了。

　　六叔公：这悬崖太险，那棵树就在裂缝里，不能去。

　　六叔公带他们爬上另一边的缓坡，一探头几米外就是悬崖上的树。另辟蹊径就不险要了，安安稳稳得到了那株灵芝，他们坐在平坡上歇息。

　　六叔公的神秘出现令大家心里疑惑。

　　叉仔：六叔公，你日日都跟着我们"走山"？

六叔公不回答，慢慢站起拍拍屁股哈哈一笑：落山！

叉仔：够一百几蚊啦？

六叔公拍掉叉仔屁股上的泥土：6天了，足够了，昌生、金海、大源、李小军，落山！

真高兴，谁起头唱起了歌，当然是"大番薯"黄金海了。

"走山"没有路或说都是路，路本来就是"走山"人走出来的。下山的他们突然异想天开，不约而同散开了，各自走在树之间，各自走出自己的路，到了山下才聚拢在一起。想做的事做到了，先是去广州大省城，现在"走山"采灵芝帮六叔公挣回被偷走的钱，大人能做的他们不一样做到了？

后来的几天，他们开始盼小偷。半夜来的吗？可以偷偷躲在窗子后，看看谁在半夜进叉仔巷！他们这么干了，躲在昌生房间那个向着巷子的窗子后面，轮流观察，坚持了2天，一无所获。

那个成语"守株待兔"的方法太笨，自己很疲劳却不知道兔子在哪里。

他们改变策略，分头逛街，从解放路走到人民路，再拐到新园路。个子最矮小的"豆豉"吴大源故意背着一个鼓鼓的书包走在前头，裤袋里露出半个钱包，希望来一个小偷摸自己钱包。后头的李小军两只拳头藏在裤兜里，只要出现小偷，他一拳就把小偷打晕。"叉仔"何昌生和

"大番薯"黄金海就马上从背囊里掏出准备好的绳子，捆起小偷，送到派出所。

所有的准备都很充分，他们一路走一路东张西望。

等着小偷出现是个不太美丽的梦，偏偏叉仔想入迷了，捧着饭碗吃饭，一双筷子在碗里搅来搅去，要把什么东西翻出来似的。

阿妈好奇怪：昌生！你揾乜嘢？

他一脸茫然：捉贼仔！

阿妈笑得一口饭喷了出来：算啦，笑死人！

叉仔斜了阿妈一眼不吭气了，挫折令叉仔心里腾腾地冒火，怎么能算！

当天夜晚，他们在白兰树下聚头，又在电话里和李小军嘀嘀咕咕了半天。

第二天，他们把打麻雀的弹叉（弹弓）找出来，原本的柳木树杈子还结实，只是皮筋松了。

他们找到补鞋的档口换上新皮筋和牛皮弹兜，吃完中午饭开始行动。

"大炮"李小军充当诱饵，背着一个旧挎包，塞满海绵之类的杂物，最上面露出半个钱包。他们的弹叉插在腰间，裤兜里装满石头子，脑子里想着小偷伸出手"打荷包"的一幕，他们一弹叉射出石头子，还一下子扑倒小偷；想着想着乐了，步伐一摇一摆起来，活像电影里打了胜仗的英雄。

他们"逛街"的范围扩大到城外，从人民北路拐入十字街，穿过工农酒家旁的无名巷进入环城路。"湖南围"已经是国贸大厦，外墙的绿色网开始拆除，马上就要开张营业，四周的施工场地多如牛毛。他们在这之间穿穿插插、七拐八拐又回到原处，不知道东南西北，迷路了。

叉仔仰头看了好几眼，辨认出25层高的国商大厦！走，往这方向走，叉仔让他们走出去了。

假日酒店、春园餐厅直到国商大厦，这一路银行、商场和酒家成了新的城中心。人流如水，走着走着就散了，更别说看到小偷能不能拉开弹叉，拉开了能不能保证不误伤好人。他们好不容易走拢了，决定直奔火车站，"逛街"调整为"候车"。

火车站的售票人龙已经排出大门，候车室没有一个空位。他们在车站兜圈子，兜出了一头汗，最后挤在接车人群的一排铁栅栏后，车站广播开始报某某次列车已经进站。

潮水一样的人涌出车站，有些疲惫的李小军弓着腰趴在栅栏上，似乎忘记了小偷的事情。散落在他后头的叉仔等人倒没松懈，叉仔侧脸正想和一米多外的大番薯对眼神，忽见前头有个动作奇特的人，左手拿着衣服盖在右手上，衣服边缘似乌龟脑袋那样一伸一伸。那是什么？他定眼一瞅：两根手指！

指头悄悄插进一个女人的挎包，叉仔惊得"啊"了一声，女人回头一瞥大声惊叫：抢劫啊！

叉仔整个人弹起往前扑，只是扑的瞬间胳膊被人拖住了，一个硬邦邦的东西顶着自己的腰。他扭过头还不及看，两个人扑过来把拦住自己的男人压倒在地。

人群惊散，又有几个保安人员冲过来逮住那个被压倒在地的男人，拿衣服的男人却无影无踪……

叉仔一行也被带进保安室，保安人员问他们住哪里，家长是谁，为什么一直在车站闲逛。叉仔说不是闲逛是"捉贼仔"的时候，保安特别严肃地说"不要开玩笑"。

他们为了证明自己没说谎，掏出了弹叉和石头子。

颧骨高、眼眶深凹的保安队长很有兴趣地拿起他们的弹叉拉一拉弹弓，用粤语说：弹叉！打雀仔！人地（他们）有刀！唔知死字点样写（不知死字如何写）！

保安用力皱着眉头：这一帮贼，我们跟了很久想一网打尽，你嚷嚷什么，打草惊蛇！如果不是怕伤到你，我们就抓到两个！结果只捉到一个。

阿九和六叔公赶来接他们回家，没有笑话也没有批评他们。

阿九：知道错在哪里？

叉仔点头。

六叔公：保护好自己才能对付贼仔！

叉仔又点头。

阿九要他们逐个保证不再想捉贼仔的事情。

五、捉贼

　　这天离9月1日还差一周，小学毕业班的同学说要最后一次聚集，一起"BBQ"，他们在电话里约好各自从家里带点东西去水库烧烤。

　　叉仔刚上一年级时，叉仔巷仅叉仔爸有部破旧的公家"单车"。6年后，他们3人各自骑着崭新的私家"单车"，去当年湖南围打泥仗的稻田，就是今日人民南路商场林立的大型超市买了一堆香肠、鸡翅和猪排。

　　炭是"胶己人"林洁萍带来的，她也成为这次"BBQ"的烧烤能手。

　　深圳水库成了旅游景点，很多香港大巴直达坝顶。香港人打着"港深一日游"的黄色三角小旗，站在大坝上看东江水，供应给香港人喝的一片水的确碧波荡漾。

　　叉仔他们在大坝外的另一片水里，他们不是游，只是仰面闭眼躺在水里。他记得还没上小学就在深圳河学游水，忘记是阿爸还是六叔公脱下长裤，扎起裤腿兜入风（空气），再扎起裤腰就成了救生圈；接着把自己丢出去，呛几口水划几下，死力爬到那半浮的裤腿上，扑通又跳到水里，反反复复就会游了。

深圳河这几年的水不好了，说是上游设了一个皮革厂，水渐污渐黑了。游泳的人转到坝底，这不能叫湖不能叫塘也不能叫河的地方，就是从水库大坝闸门泻下的水。水库的水流下，被一段水泥墩拦住，储蓄了一片水，满了又往下走。

"胶己人"林洁萍等几个女同学就在坝底那片水的旁边烧烤。

他们叉起喷香的香肠，边吃边斜靠在半坡闲聊，聊的都是宏大得不得了的梦。还有一周就上中学了，他们曾经幻想的中学一伸手就抓住了。小学过去了，各种各样的梦都挤在脑子里，好像中学也是眼前这片不知道深浅的水。人和梦都有点迫不及待要跳进水里，想怎么游就怎么游，想怎么梦就怎么梦……

"大炮"李小军想当海军司令，"大番薯"黄金海要当"麦克杰逊第二"，"豆豉"吴大源想成为奥运会的"飞人"。相比之下"叉仔"何昌生比较实际，还是在1979年那场台风时说的，要建不怕风不怕水的深圳高楼。

聊着聊着聊到家庭秘密，狠批爸妈的比赛开始了。

叉仔爸越来越忙，一个月有半个月出差，很少回家吃饭，偶尔回家吃饭，也闷声不开口，好像一个蚌；厂里人一来就鸡啄米那样说个不停。叉仔摇着头评价阿爸"何兆坤已经40多岁，40岁以上的人太可怕了"。

黄金海龇牙咧嘴说阿黄嫂把"生块叉烧好过生你"

改成"捡条猫仔都好过捡你"。他做出一副懒得理阿妈的模样，还学香港电视剧《香城浪子》韦乐那样扭扭肩"吹啊？吹乒乓！"

吴大源说如果自己上中学后第一次考试成绩位列前50名，阿爸阿妈说带他去香港！车大炮，鬼才信他们。

最惊人的是"大炮"李小军，他肯定自己是捡来的。他6岁第一次被接到深圳看见穿军装的那人就吓哭了，那人用脸上的胡茬茬一面刺他一面骂：哭包！不是我的儿子！

千万不告诉别人。这些秘密说出来舒服多了，一舒服就沉默了。

叉仔掏出弹叉，没有目标地，玩儿一样随便塞个石头子就拉开弹弓，不知道射出多远也不知道射到了什么地方。好像传染病一样，他们都掏出弹叉，比试着射树顶端的一片叶或岸边木椅上的可乐罐。尽管百无聊赖却又似乎和一个老朋友告别，有许多不舍。这个朋友是小学时候不离身的弹弓？或是一帮子小学同学？还是那些隐藏了很久的秘密？也说不清楚。

他们交换了各自的照片。

叉仔他们几个没交换，他们有五层楼下的那张肩并肩的照片。

……

聚会结束，他们一溜车到了凉茶铺附近的小街，突然听到一阵急促的叫喊。他们猛然呆住了，30多米外有两个高个子拎着一个女人的挎包嗖嗖地跑向街口。

矮小的女人连哭带叫：抢劫啦！救命啊！

他们似乎没有想太多，猛踩脚踏，追！追到街口突然想起什么，才跳下车说：去凉茶铺打电话！

两个歹徒已经拐入零星开有药房、杂货店、凉茶铺的小街，所到之处一阵噼里啪啦的关门声。凉茶铺的伙计也不例外，一关门就慌慌张张冲上二楼大叫"六叔公！六叔公！"二楼静悄悄无人应答……

叉仔他们赶到凉茶铺正门吃了闭门羹，他们又骑上车子往大街追。

两个歹徒一路猛窜，后头的女人也一路追赶和大声叫喊，四周有的百姓也跟着叫，这时对面几十米外有个穿制服的保安迎面赶来。两个歹徒一看顿住了，回头闪进与小街并行的叉仔巷。

叉仔他们也转身把车子锁在巷口，蹑手蹑脚跟进去。他们没有忘记阿九和六叔公的话，他们有的躲在往日捉迷藏的一根门柱后，有的躲在"胶己人"家门边叠放的箩筐后头。

歹徒一直冲到白兰树下才发现南边的小巷门已经封死了，无路可走又转过身来。这时巷口出现了那个女人和保安，一些大胆的百姓也尾随来了。

保安笃定地走向歹徒。

谁也没想到那个穿褐色衣服的歹徒呼啦一下撩起衣

襟，拔出腰间的一把长尖刀。

另一歹徒把夹在腋下的挎包挂在胸前：别过来！再过来就捅死你！

围观的百姓即时惊散，躲的躲藏的藏，叉仔等几个孩子赶紧闪进家门，而赤手空拳的保安和女人也收住了脚步。

歹徒一步一步逼近保安，往巷口移动……

叉仔和同伴们一进门，有的趴在窗户上，有的跳脚。叉仔冲向大厅的电话机，拨通了派出所阿九的电话。

六叔公刚在派出所开完通报深圳盗窃团伙活动频繁的治安会，走到凉茶铺正门，奇怪店里关门了。

叉仔巷口一堆人议论"歹徒有刀"，他扒开人群一看明白了，他边往歹徒走去边大声吆喝：站住！

两个歹徒听到吆喝吓了一跳，眼珠子一溜就发现独自走来的人，看上去有60多岁，身高不足一米六，刚扯紧的心立时松垮了。

叉仔和同伴们的心却好像被一只大手攥住了，六叔公危险了！阿九叔快来啊！急着急着，叉仔掏出弹叉和石头仔冲上二楼……

有刀在手，谁怕谁！近一米七八的挎包大汉挡在持刀大汉的前面，满脸鄙夷一口外省口音：老头！甭管闲事，我削了你！

六叔公步步靠前，声音不大一口粤式普通话说：放左刀（放下刀），同我去派出所！

挂包的满脸不屑，一手指着六叔公：凭啥？你谁啊？

六叔公：我是街道治保委员！我做几十年了，你们放左刀！我们街坊……

挂包的一边大叫一边手指乱点：废话，你少啰嗦，你想拖延时间……老东西，找死啊！走开，甭挡住我们！

六叔公：我警告你，你再点一次，我就不同你客气！

在挂包贼仔的眼里，一个指头就把这单薄老头戳个洞，他一步跨前：咋啦！就点你……

说话间，两根指头活像蛇头对准六叔公的鼻子尖一戳，六叔公左手突然一拨半空中的两根指头，右手平捶直击其腰间，单脚扫向其心窝，全部动作一气呵成。一眨眼的工夫，那挂包的倒在地上缩成一团捂胸嗷叫。

扯断带子的挎包也落地了，六叔公一脚横扫，挎包飞到保安脚下。

持刀的劫匪耸起满脸横肉举着尖刀飞扑而来：杀了你！

谁也没注意到，叉仔等几个孩子趴在二楼阳台的栏杆上，左手握着弹叉，右手拉着已经裹着石头子的弹夹，眼珠子齐刷刷地盯着那把刀！

持刀的一刀捅来！

"大番薯"黄金海"哇"地闭上了眼睛，"大炮"李小军一屁股坐下，叉仔的手一哆嗦，石头子掉下来了，

"豆豉"吴大源捂住了自个的心窝……

"大番薯"黄金海睁开眼却不敢往下看：六叔公？

叉仔捡起了石头子，用肩膀撞了大番薯几下：冇事！

"豆豉"吴大源的手依旧捂紧胸膛：哇，我的心跑出来了！

叉仔撞撞豆豉：弹叉！弹叉！射贼仔！

李小军的头依旧窝着胸前，大番薯推了推他：弹叉！射贼仔！

一溜的弹叉开始比划着。

叉仔前半秒瞄着贼仔，后半秒竟闪进了六叔公：看准！看准！

六叔公侧身一闪又避过刀锋，持刀的左一刀右一刀。那是一把几十厘米长的刀，刀刀直逼六叔公的心窝，六叔公个子矮小闪避自如却难于出击……

他们拉开弹叉捏着石头子，心怦怦地跳，弹叉也急急地晃，紧绷绷的皮筋就是不敢弹出石头子！太狭小的阳台，急得咬唇跳脚也找不到分开贼仔和六叔公的角度。

叉仔：冇射六叔公！

刀光乱闪拳脚飞舞，他们怕伤了六叔公，拿着弹叉迟迟弹不出去！

持刀的凭着身高和年轻的优势不断紧逼，刀子一连几次直捅六叔公腰间，六叔公不断闪退……

"胶己人"林洁萍在混乱中返回叉仔巷，太着急往家躲，一扭钥匙却断了，赶紧猫在自家门前的笭筐中。她小时候砍柴割草蛇虫鼠蚁见得多胆子练大了，瞄见贼仔猛刺六叔公，她突然抓了个笭筐，一挺身丢了过去，不中，贼人惊得一跳。

叉仔手指一松，小石头击中贼人的脖子，他回头张望。

这时，叉仔突然站起大叫：派出所来人了！警察来了！

同伴们也跟了大叫。

持刀歹徒愣神的瞬间，六叔公一步靠前飞脚踢向他的裆部。

歹徒一声惨叫倒地，尖刀摔落身边。

保安已把早先倒地的歹徒捆绑好，走过来捡起刀和六叔公一起俯下身查看倒地的歹徒。

阳台上的孩子看得清楚，几乎一起大叫：刀！他有刀！

果然，歹徒硬是一挺身，"嗖"地手贴裤腿突然一拔，真是匕首！匕首刺向六叔公，六叔公往后一仰，双手合十猛然一劈，这一手刀痛得歹徒丢了匕首再次倒地，保安一下扑过去压住他。

派出所阿九他们也赶到了。

……

开学典礼这天，太阳太温柔了，羞羞答答缩在云里头，一会儿露个半边脸，一会儿遮遮掩掩走过云端。

深圳中学的操场上却是火热火热的，奏国歌，升旗，校长致辞。

远远看去，同学们一排一排，齐刷刷的，十足一畦畦水田里盛长的秧苗。

"叉仔"何昌生和"大炮"李小军分在一个班，"大番薯"黄金海和"胶己人"分在一个班，"豆豉"吴大源自己一个班。

中学生生活就这样开始了。

第四章

十字街抽签表清水河

一、家丑

一晃几年。

这天，叉仔和阿爸阿妈在饭桌上聊起了十字街。

街还是以前的街，傍晚前店铺关门的规矩早破了，旧店铺不论转行还是易主都穿上了花衣裳。老酒家的厅房大都起了"罗马""巴黎""伦敦"这一类洋名，而骑楼门柱更是挂着兜风耳般的招牌，什么"梦露"西餐厅，什么"贝多芬"发廊，一到夜里还闪红闪绿。

闪得叉仔妈心痒痒的，一咬牙花5元做了一次头发后，睡觉都小心翼翼侧着脸怕压坏烫出的大波卷。她听说西餐没巴掌大的"猪扒"加点薯仔（土豆）就好几十元，硬是没舍得去吃。

华城那翠绿色琉璃瓦贴砖灰墙的西华宫八角楼，精巧得好像一排鸟笼子。叉仔巷的女人们最爱挤得像一手扑克牌连缝隙都没的小商品档，小商品档卖假发、假睫毛、真香水、真婚纱、洋服、领带、丝袜、胭脂，铺位档次远超香港西洋菜街露天排档式，价钱不相上下。

阿爸推开椅子站起来：香港有的这里都有了。

叉仔走到阿爸的前面：叉仔巷变小也变窄了！

　　17岁的高中生叉仔个头蹿到一米七八，他张开手扳着一米六三的父亲的肩膀，下巴不经意触及了阿爸的发际：彩印厂大了，你"滴仔"（小不点）还是"滴仔"……

　　高出父亲一个半头的他，不知道何时开始和父亲何兆坤说话用这种低头俯视的姿态。怕是初中那三年，学业成绩名列前茅的底气？可就算考年级第一名，阿爸都不肯称赞一句。

　　自从老厂长退休阿爸接任厂长，本就讷言的阿爸嘴巴好似被针线缝住了，连叉仔故意揶揄"滴仔"也心不在焉，打雷也听不见的模样，可见何兆坤的确沉默是金。

　　阿妈双手合十对着门厅的观音菩萨拜了拜：天阿公保佑何家……仔，过来求菩萨保佑考试……

　　叉仔：冇用嘎！

　　阿妈一脸严肃看着儿子：昌生，我日日烧香求菩萨保佑，你阿爸才有今时今日！

　　坐在沙发上的阿爸拿起了《深圳特区报》。

　　阿妈说着说着又说起七叔公住叉仔巷那阵，让阿爸和港商谈合资或合作，阿爸没有干。如果那时候搞成了，深圳的第一家合资彩印厂就不是四眼仔王大明开创的。

　　阿爸一听到王大明，就扔下报纸去了房间。

　　王大明和凤娇几年前就结婚了，住在全国首个竣工的商品房东湖丽苑小区，那是深圳与香港妙丽集团合作建造的。1980年春节期间，设计图纸刚出来还没等动工，港商刘天就在香港打广告卖房，一次性付款优惠9.5折，购一套房还配备3个入深圳的户口。户型面积50～60平方米，均价2730港币/平方米，一套房约10万港币。当时汇率折人民币约5万元，和香港楼价相比便宜了一半以上。项目推出108套房，竟然有5000多内地有亲戚的港人排队购房，只好抽签定盘，结果一次性售罄。

王大明姨丈运气太好，夫妇都抽中了，连姨丈乡下妹妹一家都过来了，王大明结婚也妥妥地住了进去。

叉仔和阿妈去看过凤娇，站在东湖丽苑这样6层高的漂亮楼房前，阿妈悄悄对叉仔说：这是神仙住的地方，香港人和华侨才住得上，叫"死牛一边颈"的你老窦（父亲）来睇睇……叉仔，好好读书，俗语讲读书有乜嘢有黄金屋。

叉仔假装很耐心听阿妈唠叨，自己不听，阿妈就没有听众了。

一年前，凤娇一家搬到怡景别墅了，这是叉仔巷的特大新闻。东湖丽苑是神仙住的，怡景别墅就是玉皇大帝住的。

白兰树下的街坊都在夸王大明脑瓜灵本事大，认识一个搞房地产的商人，干脆赎出彩印厂股份，和那人一起搞房地产，结果在怡景别墅买了一套别墅。

白兰树下的街坊毫不掩饰自己的眼红，怡景别墅是深圳有钱大老板住的地方，一栋一户，有花园和车房。

吴嫂：四眼仔样样都饮头趟汤……

阿黄嫂：翻渣汤就有味道了。

也是巧，搬家的同一天，《深圳特区报》登载了凤娇成了银行系统验假钞能手的消息。

大家把阿黄带来的报纸传来传去，惠东婆说凤娇聪明，肯学肯干肯钻研，练就了一双金睛火眼，什么样的假钞都逃不过她的眼睛。

阿黄嫂看着报纸上的照片，一连吐出几个"啧啧啧"，还喊叉仔妈的名字：阿珍，你有本事，教女教得好，眼力好，揾到个挣钱金龟婿……

阿妈倒是谦虚：女大女世界，差就差在文化低。昌生更犀利，大头像都贴在学校大墙报上。老师同我讲，呢个仔有前途……天阿公保佑！

这天，从来都不会让儿子读报纸的阿妈，吃完饭却指定儿子读验钞能手那一段，叉仔知道是读给阿爸听的。

阿妈一面听一面乐，读完还故意说周日叫女儿女婿回家吃饭。

叉仔搞不清阿爸心里恨不恨家姐，每次凤娇回家，他都不吭不气，好像欠了他八辈子的债。家姐给他钱用他也不接，那意思是说"我要用你的钱吗？"家姐只是笑笑把钱放在冰箱上头，人家走后他才把钱放进那个带锁的木头箱子里。有一回叉仔看见了，他说这是凤娇的钱，她什么都不懂，大手大脚，放好它以防万一。

叉仔直接问阿爸是否还恼王大明。

阿爸却不直接回答，只是说有心怎么不和凤娇一起来。

说也是，王大明一次也没有回过叉仔巷。几年来阿爸和叉仔说起王大明的唯一一次：王大明这一粒沙子绝不可揉入阿爸的眼里。

阿妈当然看出叉仔爸的心思，悄悄让叉仔和他爸说，凤娇总是说他忙，忙得团团转，什么事情都得他亲自拍板，过些日子再说吧。

周末，凤娇都会带儿子熙熙回叉仔巷的家。奇怪，好几个周末没来了，阿妈让叉仔给凤娇打电话。

凤娇欲言又止，先约叉仔去一个咖啡厅，后来知道阿爸出差，阿妈晚上也不回家吃饭时，又让叉仔在家里等。

叉仔不笨，出什么事了？

凤娇眼神不再明朗，一副顾左右而言他的模样。

叉仔定眼一看，家姐哭过。

叉仔：家姐，吵架了？

凤娇点头，努力做出轻描淡写的模样，好似说一个别人的故事。

她从一年多前说起，产期休完后，自己张罗着回银行上班。王大明不以为然，说现在吃好穿好，电话、电视、洗衣机、煤气炉、电冰箱、电烤箱、电热水器安上了，添置了，深圳能住上东湖丽苑的有几个人？能不烧柴草烧煤气的有多少？深圳有谁比得过他？可以调动五百万，何必这样辛苦天天上班？

风娇说：你调动五百万是你的事，我上班是我的事。你不知道，和大家在一起有讲有笑好开心，在家里好闷……

王大明说可以买部车，全深圳开私家车的有几个？学会开车就不闷了，人家香港有多少师奶（太太）都这样。

风娇不想这样，车和人怎么一样？暨南大学和深圳电大合办了一个大专班，和她一批进银行的同事都去了，她也想去。

结果，王大明鼻子冷哼，说有福不知道享，十足你老窦何兆坤，真是半斤八两。

风娇最不喜欢王大明用不屑的语气说阿爸。她说半斤八两就半斤八两，她去定了，气得王大明一脸发黑摔门就走。

王大明几天后才回家，脸色和缓地说"去就去吧"。

不但上班还上学，风娇心情格外舒畅。当年考大学差了几分，一直都是她的心病，如今圆了上大学的梦，别提有多高兴了。她下了班又马不停蹄赶到夜大上课，铆足了劲头不知道累似的。她生过孩子的腰身原来有点胖，上班没有多少日子就苗条如初，大伙都说她反而年轻了。

王大明可不这样认为，冷嘲热讽说干事干十分已经足够有余，要十二分的满意，自己给自己找苦吃；自以为是这点越来越像"何兆坤""你有多大的头就戴多大的帽"。他认为何家人最糟糕的就是这点。

叉仔静静地听，听着听着心里阵阵喜欢。傻瓜都看得出家姐难过，还喜欢？定眼看着似乎一宿没睡的家姐，眼光空空荡荡荒芜一片，呆呆的眼珠子好像死鱼的眼睛。不是喜欢他们的矛盾，只是在家姐的眼睛里看到了对自己的信任。家姐没找阿爸阿妈，找自己说心里话，这是从没有过的事情。

叉仔突然说出一句连自己都吃惊的话：家姐，我帮你！

凤娇这才看到17岁的少年比自己高出两个头了。

凤娇说自己再想想，最后还是轻轻摇头，不想说下去。

叉仔盯着家姐的眼睛：我揾王大明！

凤娇摇头。

叉仔：有一年台风后，我们去深圳河捡树枝柴枝，我踩到一块大石头跌落河，家姐跳落来顶住我上了岸。我怕阿爸阿妈骂我，你冇讲给他们听，还说我的事就是你的事，现在都一样。

凤娇看了看弟弟，捂着嘴却被"哇"的一声冲开了，哭了一个痛快。

哭罢她才慢慢说出最最难于启齿的事——

10天前，凤娇和银行里的同事去青岛旅游，提前3天回到深圳。那时的手机好像水壶一样大，也很稀罕，公司高层也只有一两部。她不打电话通知王大明，也好让他惊喜。她怎么也开不了反锁的门，后来王大明开门了，神色古古怪怪。直到她闯入自己的房间看到床上坐了一个别的女人，这才叫突然啊！不知道该怎么办好，好像一不小心掉进了别人的家，或是打烂了商店里的什么，大气也不敢出，连呼吸也停止了好几秒。那个女人不怎么慌张，低了头一声不响地坐着。凤娇的呼吸又回来了，她听到了自己的哭，声音是那样的微弱和压抑。

她和自己同事闲聊的时候，也说过某某人老公有外遇，捉奸在床的一幕很勇敢很激烈。而她一听到自己的哭声竟然有些怕，扭头就走，在房间门碰到一直站在门口的王大明。她闪闪身避开了他，可是能够走到哪里？她不管，先是洗手间再是客厅又是洗手间，来来回回最后是孩子的房间。

孩子的保姆是王大明的亲戚，凤娇旅游的这些天，孩子在他们家暂住。她整个人趴在那张很小的儿童床上，很想哭一哭却哭不出来了。过了很久很久，她不知道那个女人是怎么走的，也不想知道。

王大明走进来坐在床边，一个"凤"字刚刚出口，凤娇就像被疯狗咬了一样，用尽力气大叫：走！走！

王大明走出孩子的房间。

这个夜晚凤娇似睡非睡，不知道是梦是真。第二天天没有亮，她就爬起来，提了那个原封不动的包离开了家。可是，去哪里？家丑和谁说？她在公共电话亭给叉仔、给阿爸阿妈挂起电话又按下了。

凤娇又回到了结婚前住的银行单身宿舍，原来一起住的女孩还没结婚，凤娇也没有退房，有时加班会留在这里过夜。

……

叉仔：去揾王大明！

凤娇犹疑不决：讲乜嘢（讲什么）？

叉仔：讲清楚！

凤娇：你帮不到家姐的忙。

叉仔：天跌落来当棉被盖！

凤娇在房间里走来走去，突然皱起眉头说：王大明……讲爱我……

叉仔：切！电视剧？那叫王大明离开她！

"我想离婚！"这句话在凤娇的胸腹里终于翻腾出来了。

叉仔妈突然进屋了，诧异地看着姐弟：离婚？

凤娇只好说有一个银行的朋友，丈夫有外遇，所以要离婚，只想要自己的儿子，什么都不要。

阿妈一下愣住了：乜嘢都不要？太吃亏了。一世人，乜嘢都不要？细蚊仔都要阿爸！

阿妈的话简简单单，却令她犹疑了，许久没有说话。

叉仔明白家姐其实不想离婚。

凤娇和叉仔一起回怡景别墅，一路沉闷。

叉仔：家姐，我撑你！

凤娇一路捣鼓着这两句：离？好难！你讲？

叉仔：家姐，想离就离！

凤娇点头，嘴巴勉强裂开一条缝算是笑。

王大明等在家里，想好了不离婚的凤娇努力让自己听他说话。

这真不容易，要把所有真实心理都掩盖得好好的，就当现在在银行上班，这是自己不得不应酬的客户。

王大明看到叉仔也不意外，当他是个成年人先握手后拥抱，还亲热地拍拍他的肩膀。

不需要开口问什么，王大明本来就很能说，这场对话早准备好了。打从他在叉仔巷说起，一直说到他们夫妻俩这些年来之不易的好日子，还说到房地产生意蒸蒸日上，都是夫妻同心同力的结果。

凤娇一动不动让他说。

他一点也不隐瞒自己和公关小姐Marry一见钟情，也说自己对凤娇一点也没有变。他也不想的，可Marry很爱他。因为凤娇没有打断他的话，他说得也就很顺畅。他终于小心翼翼把自己最希望的结果说了出来：Marry不要什么名分，只要在一起，她比你小，你是大姐。说到这里，凤娇也没有动静，王大明是彻底放心了，他说凤娇是自己一生的幸福，是所有女人里面最理智的，还说什么时候有空他们和凤娇一起去香港走一走，散散心。

王大明说着说着就握着凤娇的手，这时，叉仔真想一拳打过去，可他忍住了。

王大明继续说，他认识的香港和台湾老板，不少在内地找个小的，家里的太太只要每个月的家用不少就相安无事。

说了个把小时，他又提起多年前彩印厂开张的鸡尾酒会上叉仔爸发酒疯的事情。如果不是姨丈被自己说服了，如果上告法院，赔偿10万元怕还要进监牢，何兆坤还有当厂长的今天？

凤娇眼眶发红慢慢抽出自己的手，问他说完了吗？王大明顿住了，说你说吧。

"我要离婚！"

真实的凤娇还是不顾一切冒了出来。

王大明很吃惊，竟然有点慌，结结巴巴说：这个，你……你……离，离……离婚？他太知道看上去温柔似水的凤娇内里的铁性子，她说要读书要上班，话一出口就没有回头的希望。

叉仔慢慢走来：不离？就叫那个女人走！

王大明又把凤娇的手抓牢了，尽管叹了一口气可声音还是很淡定：我同她有了一个仔。

叉仔猛然扬起拳头。

王大明脖子一缩往凤娇身后躲：你，你……

叉仔拳头就要落下的时候突然一顿，只是大吼了一声，放开了拳头。

王大明来不及眨眼，攥着凤娇的双手突然被叉仔一把拽开。

这倒是王大明和凤娇都没想到的。

叉仔扯起凤娇的胳膊：家姐，走！

……

一路往回走，凤娇像是自言自语又像和叉仔解释，为什么说不离又离，不知道怎么回事。一看到王大明就想作呕，要和他睡在一张床上，做不到了，坐在他身边一分钟就好像10年，宁可死。

叉仔突然站定了问凤娇：那年，如果不同王大明结婚，他们就要告阿爸和赔偿10万元？

凤娇点头，要叉仔保守秘密，不告诉阿爸阿妈，"牛唔饮水唔撳得牛头低"，只能怪自己傻。

叉仔答应了，只是觉得家姐结婚没告诉阿妈阿爸，现在离婚又不说，令他们伤心。

凤娇点头：我讲。

听到凤娇要离婚，阿妈长吁短叹：不离不行吗？熙仔跟你？

凤娇眼圈红是红了，不过没有掉眼泪：熙熙，我要！

阿妈：一个女人带一个细蚊仔……

凤娇：一个女人就带不得细蚊仔？

阿妈：离婚女人……

叉仔瞪着眼睛吼阿妈：家姐自己有分数（心中有数）！

阿妈被呛得无话可说，她拿眼睛瞪昌生也没有用。凤娇妈只有哭了，哭了好一会又看着凤娇说：你同你老窦一样"死牛一边颈"，冇办法，离就离，要房要钱，要为下半世，要为熙熙着想。

"阿爸说什么？"凤娇小声问。

"丑事传千里，叉仔巷的人都知道了。他吃了哑药一样几日冇同我讲话，冇睇我一眼。阿黄嫂讲一开始就知道冇好结果，你老窦冇缘冇故火爆爆省（骂）阿黄嫂八婆，婚姻自由关她屁事……"

一直噙在凤娇眼里的泪终于落下来了，她想到什么，翻出一双棉鞋还有一条围巾，这是在青岛给父母买的，还翻出几千元钱，说给阿爸阿妈的饮茶钱。周末，他们和一群街坊喜欢去新安酒家饮早茶。

二、笨蛋

半年来，凤娇和王大明争辩多次，凤娇说得清楚，什么也不要，只要自己的儿子，可见决心之大。王大明说可以赔偿，但要留下儿子。争吵到最后，凤娇当律师的同学出主意，告上法院，儿子和财产都要，过错方输定了，王大明妥协了。

凤娇和王大明协议离婚，凤娇只带走了儿子。

这个消息引起了白兰树下的一场地震，街坊分成赞成和反对两派，赞成的说凤娇不要房屋不要钱，有骨气。反对的说凤娇傻，这个世界嫌钱腥的人神经有问题！

银行单身宿舍不允许带着儿子，她没有回叉仔巷却在银行附近租了房。

阿妈特意约叉仔和凤娇一起喝茶，其实就是商量如何求叉仔爸让凤娇回叉仔巷。

凤娇先是不说话，后来说了一句"我唔信养唔活自己"（我不信养不活自己）。

叉仔：我信！

看着叉仔百分之一百支持自己的那副神情，凤娇笑了，然后像个小女孩那样掰起指头：每月工资300多元，加上补贴奖金差不多600元，租房100元，水电、伙食加幼儿园费用也100多元一点，总共200多元，还有结余300多元，怎么会养活不了自己和熙熙？辞掉保姆自然生活有改变，肯定比以前辛苦，自己白天送熙熙上幼儿园然后上班！

叉仔龇牙一笑。

凤娇叉了腰：笑我？以前阿妈冇得闲，我十多岁，天天送完你去幼儿园自己才上学。

叉仔：六一儿童节，我分了个红鸡蛋，你帮我剥了壳，你说先给家姐细细地咬一口，结果你大口一咬，连我的手指都咬了。

凤娇不禁呵呵一笑，好遥远的记忆，突然想起：哦，我晚上还要上学！

阿妈皱着眉头：不要上了……你带着熙熙！

凤娇：当然上，最后的一个学期，拿到大专文凭，再学会计专业，再考助理会计师。

阿妈：考乜嘢？带好熙熙。

凤娇：熙熙，我有办法！

阿妈眼眶一红，摇摇头却没有言语，叹着气去了洗手间。

叉仔捅捅凤娇悄悄说：小杨哥冇结婚。

凤娇身子一颤没有说话，沉默了一会才说，其实她和小杨互相都有好感，还一起看过美国电影《第一滴血》。他还问她记不记得三年级同班的事，不料阿爸打了王大

明，还把自己赶出家门，最后都不知道为什么会走到嫁给
王大明这一步⋯⋯

叉仔：小杨哥是个好人.

凤娇：唉，我结过婚，不配了。

⋯⋯

这天加班，凤娇给阿妈挂电话，到幼儿园先把熙熙接
到叉仔巷。

突然下了一场大暴雨，雨势猛烈好似横飞的弹片，打
得银行的玻璃窗啪啪响，窗外一片模糊。银行附近的水一
下子漫过脚脖子，她有经验，幼儿园附近的水不过腰也过
膝盖了，心里急也没有办法，一下班赶到叉仔巷只看见急
得团团转的阿妈。

原来，叉仔爸正好出差回家，一看天气不好非要亲自
接孩子不可，撑了一把伞走了。

雨这么大，孩子这么小，时间过了这样久都没有回
来，会不会出什么事了？

叉仔一回家听说这事情，就拿伞去接他们。凤娇说：
你去不如我去，你不知道他们在哪里。叉仔说：你知道他
们在哪里？凤娇也哑了，心里明白接也白接，只好肩并肩
站在门边，眼睛一眨不眨盯着巷口。

雨点小了，一老一小出现在巷口，小的骑在老的肩膀
上，两只小手抱了老的头，老的一手撑伞一手捉住胸前的
小腿⋯⋯

凤娇想把儿子从父亲的身上卸下来，儿子哇哇叫就是不放手，直到叉仔爸微微弯腰两手托了孩子下来。凤娇十分疑惑，儿子不但身上干爽还穿着新衣服，而父亲从头到脚都可以拧出水来。湿透的父亲显出一把精瘦的骨头，他正蹲在门边脱了两只鞋子，倾倒出鞋里的黄泥水后，噼里啪啦打了两下。

凤娇眼眶一热：阿爸，你快点冲个热水凉……

说着，她像住在叉仔巷的时候一样，把叉仔爸的衣服、裤子抱到那张颜色黄得有点黑的竹椅上。叉仔爸也像当年一样脱光了上身才进冲凉房，不一样的是不用到井头打水，热水器一开，连头带脚冲得一干二净。

阿妈开始在厨房忙忙碌碌。

大厅里的熙熙特别乐意和叉仔说话，哇哇啦啦说天上一条条大"鱼"落下来，不知道指的是雨点还是闪电。

叉仔：熙熙怕？

熙熙摇头：阿公说天上的雷公打坏蛋唔打好人。

叉仔呵呵笑：还说天掉落来当棉被盖？

熙熙点头，继续说他们走了又走，阿公拦了很多的士，的士都不停。熙熙学阿公破口大骂，还蹦出一句粗话。

叉仔噗嗤一笑。

凤娇不让熙熙在幼儿园说这句话，又问他们在哪里拦的士，孩子说在那个"腊肠"门口。凤娇明白了，"腊肠"就是深圳河人民桥边的小商品市场，很长很窄，平日凤娇对儿子说我们走"腊肠"，那是回家的捷径。

凤娇转头和端着碗出来的阿妈说，阿爸不知道那里不准车辆停靠，深圳的交通不像以前，想停就停。

阿妈笑了：他知道个鬼！从来都舍唔得打的……

熙熙弯下腰拍拍自己的屁股：阿公好恶，打我"裸柚"（屁股）。

叉仔：打你？

熙熙：我要屙尿，阿公讲冇得"猫低（蹲下）"……

阿妈：冇得"猫低"？

熙熙挺起腰身掏掏自己裤裆之处，做出一副大男人撒尿的样子：阿公讲男人要有男人样！

阿妈张嘴无语。

凤娇和叉仔一起哈哈笑。

孩子说他们又走路又避雨，衣服淋湿了，脚也有点疼，阿公和他去商场买新衣服。穿好新衣服，阿公说他乖，让他"骑驳马"……

熙熙突然说：好想阿公天天接我！

凤娇一顿，不知道说什么好。

叉仔爸冲完凉出来，熙熙张开手臂鸟儿一样飞了过去，对谁都板着脸的叉仔爸竟然嘿嘿一笑。

吃饭了，一家人很久没有这样吃饭，屋子里弥漫着熟识的味道。熙熙不时惊惊乍乍地说要吃这要吃那，尤其那个鱼尾巴。凤娇摇头说鱼骨太多了，熙熙说不怕。阿妈戴上老花镜，筷子一点点扒拉出毛线般细小的骨刺，熙熙吃了一整条鱼尾巴。

叉仔妈一听熙熙说太好吃，就笑眯眯连饭都忘了吃。

叉仔被这样和谐的气氛感染了，他甚至计划自己搬到楼上，熙熙住自己原来的房间就不会影响家姐做功课了……

雨停了，凤娇说要回去，阿妈轻轻问"还回去"。凤娇犹豫了一下也轻声说"冇带衣服"。

叉仔爸的脸骤然变黑，声音似撬起泥团的铁锹"啪"在田埂上：你阿妈讲了，我知道你带熙仔去上课，似乜嘢样！27岁，冇想头，课堂是欢乐园（深圳早期的游乐场）？

凤娇想说什么，话还没有出口，叉仔爸就瞪着她吼：江山易改，本性难移，你就是"死鸡撑饭盖"，冇听人家半句话。

叉仔看到家姐凤娇咬着下唇，他张开口想说话，叉仔爸已经指着大门：走！走！

叉仔好像正在吃一块软软的蛋糕，突然被打了一棍，蛋糕变成噎在喉咙的石头。

凤娇抱着熙熙走了。

叉仔小时候喜欢看街上那些补锅的，裂了或有个小洞，经补锅匠一弄就没有了痕迹。人不是锅，那道裂缝看不见了，毕竟还是裂了。

这些日子，最揪心的是阿妈，天天和叉仔唠叨"带着一个仔去上课，冇见过"。

说多了，叉仔也烦了，冲口而出：冇见过就去见见！

没想到阿妈来真的，这天周六她一定要叉仔带她去凤娇的夜校。

阿妈亲眼看到凤娇带着熙熙上夜校的这一幕。

凤娇看着黑板听老师讲课，不知道用了什么妙招，旁边的熙熙竟然老老实实坐在一旁画画，不吵也不闹，画完了又想说什么。凤娇塞给熙熙一个机器人，熙熙掰着机器人的手脚脑壳折腾了半堂课。他捅捅凤娇想说什么的时候，凤娇腾出一只手揉他的耳朵摸他的额头，没一会儿熙熙趴在凤娇的腿上竟然睡了。

临近下课，老师说每班评选一位这个学期的优秀学员。

有学员说凤娇每次考试都拿第一，有学员说凤娇带着孩子上课却从来不缺课……

阿妈捏了一把酸了又酸的鼻子：睇睇，凤娇同你硬颈老窦一个衰样，我讲接送熙熙，她讲自己搞掂，冤枉……

终于下课了，凤娇把书收入挎包往肩背一甩，再抱起熟睡的熙熙。

凤娇一出教室门看到阿妈和叉仔，吃了一惊。

叉仔伸手想抱过熙熙，她笑笑说不重，比以前帮阿妈上山担两捆柴轻多了。

阿妈努力做出笑的模样，咧开嘴挤不出一丝笑，十足一个怕被拒绝的孩子，凑近凤娇的耳朵：你老窦出差了……今晚返叉仔巷，星期日我同叉仔带熙熙去吃麦当劳"巨无霸"……

叉仔特别配合阿妈，不由分说把小熙熙抱过来。

凤娇不敢看阿妈的笑，眼眶红了。

叉仔：熙熙最中意（喜欢）麦当劳！

1990年10月8日，深圳第一家麦当劳餐厅在解放路光华楼开张，熙熙去过一次就记住了，整天都说要去吃"巨无霸"。

这一说熙熙竟然醒了：我要吃麦当劳！

凤娇点头。

叉仔大踏步往前走，边走边说：阿妈泡了花胶，煲花胶瘦肉汤。家姐，你房间一点都冇变，阿妈每个星期都搞卫生。

黑夜里，凤娇没说话，怕一开口跑出来的是呜咽。

他们走到叉仔巷口，自家门外闹闹哄哄围了一堆拿着脸盆、水桶的人，一阵焦味扑鼻而来。

阿黄嫂一见叉仔妈就大叫：火烛（失火）啦，哎呀！吓死人啦！洗衣机着火，出来救火又冇锁匙开门……

阿妈走到家门，哆哆嗦嗦打开还锁着的大门，这时一辆消防车呼呼叫着停在巷口，消防队员跳下车冲过来。

六叔公迎上他们说火扑灭了。

门一开，大家一股脑儿冲进屋子，火确实已经熄灭，有个包裹着脸面的男人拿着手电筒，清理洗衣机附近烧毁的物件。

六叔公上前大声问：打上电闸？

那人说：好！

六叔公打上了屋外电闸。

灯光大亮，人们清清楚楚看到洗衣机已经烧黑变形了，周边的杂物湿沥沥的。那个全身上下湿透，一头一脸沾着灰烬的人正在扫除地面一坨坨硬邦邦的焦黑或半焦黑的东西。

阿妈冲过去：冤枉！我在沙头角买的新尼龙衫……叉仔的太空衣，冇了，都冇了！

叉仔大声说：冇出人命就偷笑啦！

叉仔走近那个浑身湿黑十足从污水管爬出来的人，没想到那人声音沙哑地叫他"叉仔"，说一起把烧坏的洗衣机搬到外面去。

谁？叉仔茫然抬头。

眼前的人口鼻裹着湿毛巾，剩下的眼睛、头发也黑糊涂了。那人一手摘下毛巾，原来是小杨哥。

叉仔家的这部洗衣机还是阿妈那年去渔民村淘来的二手货，连接洗衣机的插线板也老掉牙了，估计失火原因就是严重老化。幸好小杨来看望六叔公，他在巷口闻到奇特的烧焦味，跑到冒烟的窗子一看洗衣机着火，就打下屋外的电闸。

213

叉仔家门自从盗贼事件后安装了铁门铁网，街坊们都无法进屋救火，六叔公拿起电话报火警的时候，小杨"嗖嗖"地从水管爬上天台。

清理了几天，不但去了火灾的痕迹，叉仔和小杨哥还一起上商场买了新洗衣机。

这些天凤娇都住在叉仔巷，不再带熙熙上夜校了。

阿爸回家的日子到了，凤娇收拾东西准备回出租屋。

叉仔靠在凤娇的房门边，一身新球衣却穿了双拖鞋，样子有点儿漫不经心地问了家姐好几个问题：为什么不告诉阿爸当年赔偿10万元的事？不想阿爸内疚一辈子？

凤娇不说话。

叉仔：家姐，你唔想阿爸内疚？

凤娇还是不吭气。

叉仔一脸严肃：你和阿爸都是世界上最笨的笨蛋。

凤娇愣了好一会，她咬着嘴唇站起来走到叉仔身边，突然一拳打过去：笨蛋！

叉仔耸肩一笑淡定而去。

凤娇把出租房退了，行李搬回了家。

奇怪，阿爸回家后看到凤娇一句话也没有多说，好像女儿从来没有离开过家那样，自然极了。

凤娇的归家令阿妈不停地给观音上香，感谢上天的大恩大德，一家人最紧要齐齐整整，出入平安，好彩（幸亏）小杨。

那天的确碰巧小杨要离开深圳去北方深造，来叉仔巷和六叔公告别，及时发现洗衣机着火避免了更大的火灾。说巧又不巧，阿妈连连叹气，小杨偏偏要去学习，天南地北太远了……

叉仔和阿妈合成了一个心眼，收到北方来信和信封里夹着的照片，母子就唱双簧在凤娇面前小杨长小杨短的。

这天叉仔又拿着一封信：家姐，小杨哥说要寄红枣……

阿妈：红枣、枸杞，女人吃最好。

凤娇：阿妈……我知道你们……做乜嘢要拖累人家？

阿妈：千金难买心中意，乜嘢时代了？

叉仔劈头一句：笨蛋！

凤娇：八卦！你管自己高考的事！

阿妈：八乜嘢卦？女人最紧要嫁个好人！连细佬（弟弟）都急，你……

凤娇不说话了，叉仔也觉得家姐太偏了。

……

半年后，叉仔考上了清华大学建筑系！白兰树下的街坊，碰面说的都是叉仔上《深圳特区报》的事情。

六叔公真的很高兴，没有人还记得1979年那天台风时和叉仔说过的话，他记得。

暑假，小杨哥深造结业返回深圳，叉仔却要到北京上大学，叉仔约小杨哥在水库大坝说了一个晚上的话。

三、股票

昌生上大学的这一年，成熟了许多。

1992年8月初，一列北京至深圳的特快列车上，卧铺车厢上中下铺的陌生旅客都坐在下铺，说起深圳股市一下就熟络了。深圳新股认购抽签表即将发行，股票抽签表10%的中签率，每人可以买10份，买10张肯定中一张，每张100元。真巧，除了回深的清华大学建筑系学生何昌生，其余5人都是奔着抽签表去深圳的。

昌生看着窗外无法看清的飞逝，习惯地掐住耳垂甩了一下头，把钻进脑子那疾行车和随行气流的问题赶走了……

胡思乱想是最好的休息，阿妈送行前叮嘱"下雪时不要屙尿，一屙出来就成了雪条"。他要告诉阿妈寒假看过雪了，最冷的不是下雪而是融雪。

考上清华，阿爸总会说声好？没有，临行那天，昌生无意听到母亲数落父亲：人人都赞昌生，你做人老窦，讲一个"好"字比上天还难？

临上火车，阿爸倒是笑了一笑：叉仔巷头个考上清华的是小杨哥的阿爸，你是第二个！

　　阿爸的称赞太吝啬了，不过这就是自己的父亲。

　　昌生突然想到家姐，凤娇姐和小杨哥到底好了没有？

　　中铺那人捅了捅他，想和他换下铺。那人大概身高一米八，典型的虎背熊腰，怀里抱着个长度几近铺位宽、上厕所也不放的绿色旅行袋。

　　那人为证明自己不是坏人，拿出一本中国作协会员证：某市作协副会长一丁（笔名）。

　　一丁不隐瞒自己带着450多个身份证去深圳买抽签表，不远万里来此一博。身份证是大家找亲戚朋友收集的，有30多位诗友，有10张年龄已达90岁，死亡的也有3个。身份证放在旅行包里，爬上爬下很不方便……

　　对面50多岁的斯文女人寻思着：一丁？写诗的一丁？我读过你的诗，题目？我还记得这几句——

　　驼背鲸群在海洋上列队

　　如海啸

　　如雪崩

　　开始歌唱

　　一丁似乎在沉睡中被唤醒了，微微仰头，眼神迷幻，轻轻吟出了后面的诗句：

　　驼背鲸唱完歌沉入了深海

　　这歌声

　　或许就要降临在你的身边

　　我听到了

我听到在月亮上回响的歌声

于是

我决定聋了

昌生和斯文女人都鼓掌，原来女人是个退休的音乐老师，也带了亲友们的身份证帮在深圳的孩子买抽签表。

她问一丁现在写什么。

一丁苦笑：停笔两年了，出版一本诗集还得扒掉脸皮去拉赞助……唉！不写了。

她也笑，觉得不妥又变成了干咳。

一丁揶揄自己：打一个经济的翻身仗，然后出我们的诗集……堕落也堪称伟大，不是吗？

大家哑口无言，昌生默默和一丁换了铺位，诗人把那不离身的绿色旅行包搁在铺上还压上一只枕头。

昌生爬上中铺躺下了，期待和深圳家人以及老同学们的见面。

……

终于回到深圳，打开家门见猫不见人，他不奇怪，说暑假回家但没准确时间。

猫尽管已老，可一见他还如往日，尾巴竖起如根旗杆并颤动不已。昌生放下行李正在挠猫，电话铃响了，诡异的是他刚拿起电话"喂"了一声，对方却放下了。

几分钟后王大明来了，一个劲儿夸昌生考到清华大学，还说一年前不通知他，现在也不晚；并邀他去新安酒家最豪华的新安厅庆贺，让他马上打电话给凤娇……

昌生压抑着惊讶：呃，讲真话，有乜嘢事？（有什么事）

王大明犹疑了一霎，眼神对眼神的瞬间，笑了。他坦白凤娇躲着他，不住叉仔巷也不说住在哪儿，单位电话不接，连熙熙都不知道去哪了。

王大明：我明人唔做暗事，全中国都知道深圳股票，深圳银行代销股票抽签表，好简单。凤娇好受银行重用，她想办法帮我留最少3000张股票抽签表，有"着数"（好处）……

昌生没让他往下说：你清楚你要乜嘢，我亦清楚我冇权答应你！

王大明一下收敛了笑，面前的不再是给他拔白头发的叉仔了，只得讪讪而去。

午饭时间过了，阿妈没回家，给阿爸的厂长办公室打电话无人接听，去凉茶铺找六叔公也大门紧闭。

白兰树下静悄悄……

酷暑烈日当空，他在南塘食街走半圈就出了一身汗，吃完炒河粉抄近路回家，在银行附近遇到了叉仔巷的阿黄嫂。

她戴着帽檐大得可遮挡半边脸的太阳帽，提着一打矿泉水：我们7号就提前排队买抽签表，热死了渴死了……我去换阿黄，你阿妈冇人换，她冇吃饭冇饮水……

她塞给昌生一支矿泉水，说带给他妈。

银行大门紧闭，门外并行排着3条人龙，人龙绵延至银行外的人行道又拐进小广场，弯来绕去首尾不见。

烈日下小广场起码有37℃，昌生顺着人龙找到阿妈，阿妈不等他说话就取下草帽压在儿子头上，然后一把拧开矿泉水瓶子，咕噜咕噜往嘴里倒。

喝完水的阿妈像一只蒸着热气的馒头，连汗酸味都烫人。她告诉儿子昨天电视台一公布消息，阿黄嫂就叫她来排队，没想吃完饭才来就晚了：哇，排长龙啦，阿黄先到排100多位，我起码有200多位。冇怕，人家算过，排到1000位都十拿十稳！那年开着宣传车发动大家买"发展"的原始股，六叔公和你老窦讲支持一下国家建设。我傻，抢返你老窦的钱，鬼知道股票挣钱。阿黄嫂学人炒股，2个月挣8000元！哇，等于两三年的工资！个个都想博……

阿妈不停地说，昌生几次想开口，都插不上嘴。

阿爸工厂的工人个个都吵着买股票，他只得同意大家放假买抽签表，自己留下看大门……

前两天，七叔公开着关于购买股票抽签表的会，突然晕倒送到人民医院，六叔公天天炖灵芝肉汤去看他。

凤娇是银行骨干，被抽调到分行封闭学习，准备售卖抽签表已经好多天了。

这下，昌生实实在在明白了股票有多热，不论列车上的一丁们还是王大明，以及排队的阿妈，一门心思就是买股票。他决定不再说废话。昨晚和今天，酷暑烈日下的阿妈有多累，换阿妈回家休息是唯一选择，自己和老同学相聚的计划往后挪。

阿妈回家了。

热浪中，昌生夹在两个散发着酸臭味儿的人中间，也许他是队伍里唯一心思不在股票上的人。

太阳一点也不吝啬自己的光芒，小广场的温度升至40℃以上了。空气不空了，这一张巨大的热煎饼压在人们的上头，有个女人中暑倒地被抬出去了，这般难受却无人离开，人龙还不断延长。

小贩们一脸油亮和汗津，上下兜售盒饭、草帽、小塑料、凳、香烟、汽水、报纸和矿泉水……价格跟随太阳的热度不断疯长。

有个精干好比筷子的小贩，光着上身扛着箱矿泉水，冲着人们大叫：20元一瓶！

有人讨价还价，眨眼之间剩下八九瓶，昌生赶紧拿了2瓶。手脚不能慢，怕过5分钟，价格又得翻一番。果然一眨眼只剩下3瓶，矿泉水价格涨至25元一瓶。

昌生在心里说：疯了。

有几个火爆的人大声叫骂坐地起价的小贩，黑心肠的投机小贩！浑水摸鱼的奸商！

后头有个被取消站队资格的人跺着脚干号，应该是外地来的。说只是去解手，厕所人太多时间自然就久了，返回队伍不知道认错了还是换了人。他呼天抢地却无人承认他，结果被来回巡视的保安赶走了。

突然，不知谁的大嗓门在吼：喂，拿个桶过来！憋！憋死了！

真有个汗淋淋的大个子拿着一个小塑料桶跑过来，旁人并不忌讳。大嗓门只是把脑门上的草帽拿下悬在桶上，就卸掉了一泡尿。多少钱面议，无人知晓。

一个脸上鼓满青春痘，穿了件灰T恤，看上去像枚"铆钉"的矮个男人举着小牌：替身排队，价钱面议。

昌生心一动招了手，他一脸笑意跑过来：5分钟20元，超1分钟5元。

一个小时近300元，比阿爸的工资要高！几番讲价没有成交，他还是等阿妈来换自己再去看七叔公吧。

奇怪，矮个子仍铆着不动，眼睛像发电报那样频繁眨动。

昌生懵然不知这是什么暗号。

矮个子亲热地凑过来：有身份证卖？一张1000元。

昌生摇头。

矮个子：我有，我卖给你，一张1500元。

昌生哑口无言。

前头一阵骚乱，估计有人想插队，一群人喊打喊杀：我们辛辛苦苦提前2天来排队，你坐两天一夜的火车！我们还坐了三天两夜火车呢。外地人？谁不是外地人……一阵拳打脚踢后，有个男人血流满面冲了出来。

昌生愣了，是诗人一丁！他眼睁睁看着诗人抱头鼠窜，心一揪，阿妈的位置让出来？不能，这会要了阿妈的命。

100元一张的抽签表，倏然在他的心上划出一道痕。

他强迫自己像多数一心购买抽签表的人，忍受着天上的炙烤，咽喉冒火。衣服被汗水弄湿了干，干了湿，新盐渍叠着旧盐渍，汗酸和尿臊味无孔不入。他努力掩藏着不忍张望的眼光，此时脑子里有一个蚊子大小的声音悄悄溜了出来：会出事的！

他想六叔公和七叔公了。

太阳渐渐下山，阿妈来了，不但带了饭还有张准备露宿的凉席。

去医院有捷径，要穿过小广场花园一簇簇蘑菇状的勒杜鹃花丛。在花丛下，他看到长这么大都没见过的众人排泄的"地雷"。

七叔公身上插着输液的管子，六叔公和七叔婆坐在一旁。

七叔婆从省城赶来了，她和省人民医院联系好了，让七叔公做全面检查和治疗。

七叔公笑眯眯吃着一盒烧鹅饭。那年他一听日本仔投降高兴坏了，别人问和平后想干吗，他说吃烧鹅饭。

昌生说排队买抽签表的那些事，七叔公听得很用心，听着听着放下了烧鹅饭。

酷暑烈日下的队伍和坐地起价的小贩，还有黑市买卖身份证，说着说着，昌生潜在脑子的小小声音也一下闯出来：会出事……

七叔公斩钉截铁地重复：会出事的！

六叔公一脸疑惑：做乜嘢搞到100元一张抽签表？以前1元一张。每人限买10张，10中1，中签股票大概3元1股，一出手涨几倍，1000股卖出去起码赚四五千元。深圳人一个月工资二三百元，外地人一个月100多元，等于几年工资白送……冇鞋都拉木屐去抢！

七叔公沉默了一会，拿起床头的电话，要找的人不在，说准备接待陈副委员长。他说要出院，说着就要拔输液的针头。

七叔婆一边紧急按铃一边说：你不要命了？

七叔公笑笑，拿起了自己平日的衣服：小问题，脑供血不足，休息了两天没事了，那些检查不用做……

七叔婆眉头紧皱：老何！没有你地球一样转……

七叔公不笑了：他们征求过意见，有几个方案，这个方案方便那些走后门的权力部门。我反对，还写了一封信给市领导。

七叔婆：够了，你尽力了。

跑过来的护士长看着七叔公那只搁在针头上的手，咧嘴笑笑一脸淡定：老东纵！医生说明天照CT，听医生的话，不，不可以拔，老东纵要听话哦……

七叔公拔掉了针头。

七叔婆脸色涨红：老何！我太知道你了，你退二线了，你只是一个顾问！

护士长笑着哄孩子似的：我再帮你一次，要听医生的话……不听话，就要把你的手绑起来哦……

七叔公默默地从枕头下搜出老花镜盒子、笔记本、报纸、手表、笔等杂物后缓缓一笑：顾而不问？1990年，我刚当顾问就去证券公司四处转，公司大门外聚集几百人几千人搞黑市交易！成交额比场内交易高1至2倍。那时，金田股面值10元，却涨到了360元，原野股涨到了280元。有公司和企业擅自发行股票，什么集资券，什么"收据"，乱套了。多少老同志反映情况，我收集材料向上报告，后来市政府发布"5·28"公告，坚决取缔场外非法交易活动。

说着，他抽出一张特区报继续说：深圳证券交易所的申报1991年7月1日才批下来，一年来，我天天看股市行情，下面写着"政府忠告市民，股票投资风险自担，入市抉择务必慎重"，现在连昌生都知道会出事！要有补救的措施……

七叔婆打断了他的话：你是一个病人，急救过一次，你少管闲事！

七叔公瞪着眼睛：闲事？

七叔婆声音立即缓和了：我担心你的身体，省人民医院都联系好了。你不要命了？

七叔公：命是我的，我的命我做主！

七叔婆好像吃了一块石头说不出话了。

七叔公不再说话，站起拍了拍坐久的腿，用眼神招呼昌生把裤子拿到卫生间。他换了自己的衣服慢慢走出病房，没人敢阻挡他。

昌生小时候被电过，见识过"电"的力量，他第一次在一个人的身上看到和电相似的力量，看不见摸不着却令人惧怕。

夜雾降临，偶有微风也和电热吹风差不多。

小广场那3条紧绷的人龙稍稍松懈，大多人摊开2至3张《深圳特区报》或《深圳商报》，半坐半躺在这张极其单薄的纸床上。

天更黑了，广场四周木瓜样的灯亮了。

阿妈让儿子回家睡觉，不过昌生贴在她的耳朵说了什么，她连连点头说好。回去睡个好觉，第二天发售前赶来替换儿子。

昌生身边的几个人叼着烟嬉笑吵闹围在一起打扑克"斗地主"，地上遍布踩扁的烟头。

六叔公冲了凉，拿着把大葵扇和小胶凳晃悠悠地走过来。在酸臭味的小广场，身子干净的他怕是唯一的局外人，反正天热睡不了，他想陪昌生说会话。

　　六叔公见多识广，说金山伯就是股票大跌破产了才返深圳的。香港股市100多年都涨涨跌跌，1965年的香港金融风波，大大小小近10家银行"挤提"，恒生指数100多点下跌到70多点，跌幅24.71%。最大的华资恒生银行只得出售51%股权予英资汇丰银行，才平息了挤提潮，股票从来"冇稳赚不赔"。1987年，他在国贸街头遇上推销股票的宣传车，买了原始股，一直在手里……

　　六叔公拿着大葵扇边说边摇，昌生渐渐有了困意，睡了，似有什么动静，睁眼看看，六叔公还在摇扇子。他又睡了，做梦了，迷迷糊糊好像小时候那场1979年的台风……六叔公走了也不知道。

　　昌生被人叫醒了，朦朦胧胧看到什么，不可能！以为做梦又闭上眼睛。

　　不是梦，诗人一丁惊喜地拍打昌生的肩膀。

　　那位举起牌子帮人站队的"铆钉"也拍打自己：喂，他排你后面了！

　　这两个风马牛不相及的人搞到一起了，"铆钉"帮一丁买到了昌生后面的位置，原本排在昌生后头的人数着钱走了，这个世界不需要大惊小怪。

　　一丁握着昌生的手，碰到昌生是他南下的唯一运气。想说卧铺车厢打开了他心里的一首诗，最后什么都没说，只是软绵绵地摇了几下，满脸累。

　　一丁：明天才开始发售，我下午就来排队，以为万无一失……

一丁没有说被追打的事，昌生也没问。

"吱——"

一辆崭新的小车停在广场边，两个穿着牛仔裤T恤的后生仔从车里走到尾厢，抬下一个大胶桶，里头全是盒饭，昌生旁边打扑克的人突然停下手：老细（老板）来了！

后生仔笑吟吟地发饭盒、啤酒和红包：大老细交代夜宵，加了料，冰镇啤酒……

小车门又开了，昌生一眼看到缓步下车的王大明，西装革履，手提比水壶小一点的"大哥大"。

那两个后生仔抬着饭盒桶逐处派发，大约有20档。

派发期间，"铆钉"不知道从哪里跑出来，迎上王大明，毕恭毕敬地递烟点火。

王大明拿起"大哥大"说了有十多分钟，冲两个后生仔招了招手，他们急跑过来和"铆钉"互相点烟……

8月9日的一轮太阳，如常升起。

鹅毛很轻，比鹅毛轻的阳光一丝丝一线线没有半点分量，却惊起了半醒半睡的人，唯恐落后。他们按先前排序自动站队，几个睡眼蒙眬的保安叫大家排好队，不要插队，等等。

警察不到7点就进场了，人比昨天多了一半。

7时30分，前头的人兴奋莫名地叫喊"表来了"，大家自觉蠕动靠紧锁成一链，警戒线也沿着人龙拉起来了。

抽签表要在市监察局和工商局人员监督下拆封才能发售，人们紧绷绷状似一枚待发的子弹，严防插队并随时射出自己。

昌生昨夜听几个保安说上级紧急电话务必保证秩序，为防止插队引起意外，一早就拉起警戒线，不准围观的人进入，也不准里面的人出来。他故意让阿妈8点30分才来换自己，阿妈提早8点来了，一脸焦灼地和保安说什么，最终也没能进入警戒线内。

抽签表拆封要用多长时间？怎么还不发售？太阳也等不及了，慢慢变温变热直到刺辣辣的中午，售表的窗子才缓缓拉开了……

人龙几乎不动，等待久了不知道窒息还是麻木，也可能更敏感了。无人预料的瞬间，或看见一只粘在自己衣服的夜蛾吓得惊叫，或某人的脚脖子被草丛中的红火蚁咬得跳脚。总之人龙如水库泄洪散了，几秒又缩回一条龙，机灵的人蹦到前面了。

来不及反应的昌生和一丁依旧紧靠着，位序被甩后了几十位，他来不及哀怨，腰突然一紧，后面的一丁箍死了他，十足惊涛中成了一丁的救生筏。

维持秩序的冲过来，不准移动，不准喧哗！他们疲于奔命但极快总结出经验，不知道从哪里找到薄薄的几米长的竹片，只要哪里有骚动就一竹片呼啸下去。

昌生突然看到拿着竹片的一张脸。

一丁也疑惑地看着那张脸。

昌生：他！

是他，那张满布青春痘的脸在太阳底下汗流如注。他还是他，差点和自己做了一笔站队生意，和一丁做成了买位交易的"铆钉"。

穿着保安制服的他几经摔打，也衣衫不整了，竹片握在手中。哪里有人潮起伏，哪里就有他的竹片呼啸。

惊涛之后，昌生他们一个接一个你抱我腰，我抱他腰，蹲着连成了一条紧密无间的链。

曾经让一丁无比自傲的魁梧身材已成"蹲"的致命短板，他还忍不住挺腰仰头。"咻"一声尖啸从天而降，竹片把他的额门划了一条血色界河，连带昌生的耳朵也被人削了一刀似的辣辣地痛。

"不准动！"

"铆钉"手执几米长的薄竹片，不允许任何脑壳上冒。

他们热包子一样叠在一起，浓烈的汗酸汗馊味直呛昌生。平日会呕吐，此时却分不清楚这股味儿是自己还是别人的，自己的汗水遮盖了眼睛再流到前人的脖子上，后人的鼻孔贴在自己汗臭的后脑壳上。

竹片的呼啸声此起彼伏，阿妈急坏了，在警戒线外两手拼命摇摆，听不清哭喊什么。

昌生和一丁正看着隔壁的人龙忽而向前忽而后退，轰！突然他们的人龙脱了钩，愣神的这一刻，呼啸的竹片几乎砍在脑壳上。

"猫低！全部猫低！"治安队员急得忘记说普通话，大声吼出自己的粤语乡音。

不过，大家已经熟练地蹲下了，全部蹲下了，一环又扣起了一环，新队列淘汰了旧队列。

王大明的"雇佣军"到底是兵团作战，一下子超前许多。警戒线外来回奔跑的两个后生仔笑得合不拢嘴，冲那群乱中超前的部下竖起大拇指。

昌生的呼吸热辣辣喷到一丁的脸上：就是他们，那光膀子一领头冲就全跟着上。

一丁咬牙切齿：我也看到了。

昌生不知怎么会噗嗤笑了。

一丁愤怒极了，似乎想咬谁一口：你笑我？

昌生想了想：它自己笑了，太搞笑！

一丁：搞笑？

昌生：小小的抽签表，把人搞成这个样。

一丁哑口无言。

昌生：一动，我们就松手跑。

经历了几次潮涨潮落，时起时伏，一波未平一波又起的他们，终于有经验并找到了窍门。

这一蹲有十多分钟的平静，屁股麻脚麻手麻。昌生的手肘一夹箍着自己腰间的手，一丁明白了，手松脱了。

昌生一下子翘腚，如炮弹射了出去。

猫低！随着喊叫，闪电般的竹片抽中他的脊梁骨，人潮汹涌竹片呼啸。

昌生已经及时蹲下抱腰往后看，不见一丁，往前看，一丁比自己弹得更远，已经占据在窗口边上了。

一丁回头看看昌生，眼睛一片模糊不知道是汗水还是泪水，咧嘴一笑了，仅有三四人就到他了。

仅剩2人之时，窗子里的声音很轻：抽签表已经销售完毕了。

表没有了，人们不相信，不走。

……

一丁喃喃自语：我细细算过，500万张抽签表，按每人购10张算，303个销售点平摊下来应该每个销售点有1600多人可以买到，为什么我们这里不到两小时就没了？一分钟一个人也就100多人，怎么会没了？

昌生：抽签表有脚吗？

一丁：抽签表哪去了？

王大明手下的后生仔没有沮丧，他们在人群里晃悠，来到昌生他们身边兜售抽签表，一张300元，还说这是最便宜的，别处的人要500元，还有的700元。

阿妈终于挤过来了，拥挤、混乱和打斗时，她悔极了。她骂自己买抽签表，昌生要有事情，她一头撞死算了，天阿公保佑！

昌生回到家里倒头就睡，直到阿妈叫自己吃晚饭。

电视机正在播放深圳电视台新闻，90%网点的抽签表售完了。他听完新闻不声不响坐了一会，然后就开始翻看茶桌上的报纸，找到了8月7日的《深圳商报》，细看头版刊登的中国人民银行深圳经济特区分行、市公安局、市工商行政管理局、市监察局联合发布的《1992年新股认购抽签表公告》。

他看了公告上的十七条不下10遍，还用笔画线，上了床睡觉还在想，想着想着想到什么一骨碌爬起来，又看那份公告……

他开始给市长写信，信中提出4个问题。

1. 这个公告是市政府三个主要行政执法机关和人民银行联署发布的，谁发行股票？政府还是企业？

2. 特区报股市行情下注明"政府忠告市民，股票投资风险自担，入市抉择务必慎重"，公告说发售新股认购表500万张，"中签率约为10%""每张中签表可以认购本次发行公司的股票1000股""属于1992年发行规模的中签表，今年认购不完的，1993年继续有效"。这是说稳赚不赔吗？

3. 公告说"每一身份证限购新股认购抽签表一张。为减少排队人数，每一排队者最多可持有10张身份证买表"，全国各地的身份证可以租、买、借、寄到深圳，这合法吗？

4. 以前抽签表每份1元，现在每份100元，为什么？

……

第二天，8月10日中午，阿妈的心绪已从抽签表抽离了，她先给阿爸和凤娇挂电话，下班到凤娇银行分的新房吃晚饭。接着也给小杨挂电话，说昌生回家了，吃个家常便饭。

白斩鸡、酿苦瓜、清蒸鱼还有鲮鱼煲粉葛汤，阿妈兴冲冲地唠叨着说赶去菜市场买最好的鸡和鱼。临行前告知昌生家姐的新地址，还叮嘱不要让王大明知道，这些日子王大明像个特务老打听凤娇下落。

阿妈：鸡吃放光虫——心知肚明。逼凤娇搞抽签表，走后门，切！

昌生：你以前成日走后门买布头布尾……

阿妈：以前湿湿碎冇人话，一中签赚几千元，走后门乞人憎，哼。若有人告，凤娇怕连银行份工都冇埋，你以为阿妈傻？

……

接近傍晚，昌生正要出门却接到一丁电话，说5时银行发布通告，宣布原定今天10日下午6时截止收表，推迟到明天11日11时……

昌生：哦。

一丁：给走后门的王八蛋方便，有充足的时间高价卖出手里的认购表!

昌生:我今天打市长专线了,还写了信……

一丁:哼,我们住一个旅店的,有的去上访有的去公安局提供线索,一听说推迟收表都气炸了。我们现在在南塘集中,马上就要出发了,到市政府评理,快来……

昌生:我想过了,这买和卖只是技术冲突,一个作用同时导致有用及有害的两种结果,如何减低有害的作用……

一丁:所以要讨说法!

昌生呵呵笑了:我没有兴趣,提出一个问题往往比解决一个问题更重要,你知道是谁说的?

昌生还想说什么,一丁火急火燎放了电话。

昌生骑着单车出门,在深南路邮政局门外的绿色邮筒投下自己的信,接着赶往凤娇新住址。途中看到游行的人,他们打着"我们要公平,我们要股票"的横幅,沿着深南中路向市政府的方向走。

凤娇住的5楼就在红岭中路和深南路的交叉地带,路被游行的人堵塞了,只能推车上了行人道。

阿妈精心制作的一桌美味饭菜,阿爸和凤娇都因为路堵塞,公交车绕道回不来。小杨哥去游行现场维持秩序,待执行完任务才过来。不过,昌生和熙熙都吃得很香。

饭后阿妈不像往常淡定地看电视新闻,一会儿拨座机,一会儿跑到阳台。

昌生和熙熙靠在阳台上看游行的人，深南路不再车水马龙，拢集的人慢慢移动，还有隐隐约约的喊声：打倒腐败！惩治走后门！

熙熙对游行的人兴趣不大，很快被星空吸引了：舅舅，我好想和月亮打一个电话……

昌生：想和它玩？

熙熙点头：嗯，我看它摇了一下，那么高，会掉下来吗？

昌生：唔，不会！

屋里焦灼的阿妈终于打通了阿爸的电话：返到厂就好了！

漆黑的天空划过一束刺眼的光亮，熙熙吓得一下钻进昌生的怀里，昌生在他耳边说了什么，他大睁着眼睛：信号弹？

阿妈冲到阳台：信号弹？深圳从来冇出过大事，睇来要出大事……

阿妈的情绪一点也没有影响昌生，尤其是熙熙，一直都很乐，趴在栏杆上问些奇异的问题，比如信号弹大还是鸡蛋大，信号弹做乜嘢要跑到天上去。

昌生特别耐心：信号弹出生之前比鸡蛋小，一飞上天就比鸡蛋大，大好多倍……

熙熙：还把天空吵醒了。

昌生忍住笑：它去天空做乜嘢？

熙熙：揾妈妈。

昌生忍不住哈哈笑：妈妈？

熙熙指着月亮……

街的尽头轰然升起一片火光，熙熙高兴地拍着手，好漂亮的火。

昌生没有告诉熙熙那不是普通的火。

阿妈也看见了，似乎在烧一辆汽车，事情真的大了。她连忙双手合十念叨着"天阿公保佑"……不久后，街道上一团一团的人不知道为什么四处散开，不少人摔倒了爬起，掉头往后跑。

看着看着，熙熙流起了眼泪，他舔了舔落在唇边的泪不解地问：我都冇伤心，做乜嘢会流眼泪？

也在流泪的昌生一把抱起熙熙，急忙进屋并关上窗子和阳台的门，大街上正在施放催泪弹。

凤娇来电话说只能等交通恢复后才回来。

……

门铃响了，小杨来了，说市政府决定严查严处截留私买抽签表，还再增发50万张认购表以缓解购买压力，明天开始发售，游行的人一听赶忙去排队了。

问题基本解决，可熙熙要等妈妈回家的问题，阿妈和昌生一点办法也没有。

小杨一笑，背起熙熙说去找妈妈，真的出门了。

小杨回来时，凤娇已经到家，趴在小杨背后的熙熙也睡了。

小杨前脚走，阿妈就开始数落凤娇有眼冇珠，盲眼都看出小杨是真心的，一年365天烧香都找不到这样的好人，遇到这样的人就是好运好到脚指头……

凤娇沉默了好久却说自己还不够好，小杨越对自己好自己的心就越不安。

昌生冷不丁问：够？乜嘢时候算够？

凤娇被问住了，嚅嗫着：明年我就考到会计证了……

阿妈：懵！你懵到上心口！鬼等你？

说完"鬼"字，阿妈突然拍着嘴巴连连说"啐啐啐"，要把说过的收回去。

……

四、爆炸

眨眼又过了一年，昌生回家过暑假。

1993年8月5日，这天的太阳一如往日从东方慢慢爬起升高再慢慢地落下，后来发生的所有事情都与它无关。

中午，昌生一家都在国贸大厦的旋转餐厅饮茶吃饭和看深圳全景。国贸大厦，没有多少人知道它曾经是湖南围。

六叔公说难得人齐，叉仔放暑假，刚考取中级会计师的凤娇正好休年假，出国考察的叉仔阿爸也回来了。

不用猜，阿妈又把小杨叫上了。

她焦急，总想凤娇和小杨的那个事。她和何兆坤谈恋爱那阵，嫌他"暮鼓槌"（客家人形容不说话的人）差点黄了的那阵，六叔公说看人要看心才点醒了自己。这回她请求六叔公点醒凤娇，六叔公只是说车到山前必有路，船到桥头自然直。

49楼旋转餐厅从南到北一圈又一圈缓缓转动，抬眼便是一览无遗的景色，可昌生的眼光离不开桌上一年没沾的广东点心：肠粉、虾饺、烧卖、凤爪和鱼片粥……阿妈知道这都是儿子喜欢的，就爱看昌生吃出一身汗的模样。

熙熙的吃相也猛，满满一唇"胡子茬"，鼓鼓一嘴榴莲酥，或许空调过冷，他鼻子眼睛一皱，凤娇赶紧捂住他即将出口的乞嚏。

旋转餐厅不紧不慢不知不觉地转，大家边吃边看。

六叔公似乎看到什么，不觉站了起来：深圳河，睇睇……

阿妈突然感慨万千，说起那年去深圳河边渔民村买香港旧家私：我同阿黄嫂睇到有个香港细蚊仔吃蛋糕，口水都流了，偷偷想有得吃发个梦都好……

阿爸夹起一块叉烧酥：今日，冇讲蛋糕乜嘢都有了（别说蛋糕啥都有了）。

阿妈咯咯笑：便宜过香港……

昌生的眼睛总算闲下来，看那一片从南到北的高楼。转得不快，不耐心看就看不出外面移动，一片连一片密密匝匝的高楼。童年做梦都想建的高楼，十年多一点已经是一片楼海，深深浅浅波浪起伏，梦里没有的都有了。他有点不知所措，喜欢是喜欢，可是，似有个针尖大的虫子在心里咬了咬，连他自己也没弄明白这轻微的"可是"到底是什么……

说着聊着阿妈突然叫嚷：睇睇，罗湖海关、火车站……

大家支起身子往窗下去，那片不外是海里的一滴水罢了，除了一阵"啧啧"声就是阿妈拿出傻瓜照相机咔嚓咔嚓，按了又按。

熙熙一会儿大摇大摆，一会儿钻到桌布里头，这一刻，他抓起榴莲酥没放进嘴却指着窗外：妈妈，好大的黑蘑菇！

大家回头一看都惊呆了。

一朵硕大黑沉的蘑菇云正在不停地翻跟斗，升腾的浓烈烟雾包裹着一个滚动的火球。小杨立即看手表：1时28分，然后起身靠在玻璃幕墙上专神看，不漏过一点一滴。

没有人告诉熙熙那不是蘑菇，奇怪的是，孩子好像一只惊怕的小树熊默默地跑过去，两手攀爬吊挂在小杨身上。

小杨抱着熙熙回到座位，和熙熙说了什么，孩子老实爬下来坐到凤娇身边。

小杨看着一动不动被"蘑菇云"浇灌成混凝土般的大家，压抑住什么，尽力说得平缓和简单，是大爆炸，地点可能是清水河仓库区，他要去现场。

他到服务台打电话回团部，果然和自己的估计一样，爆炸地点在国贸北边直线距离4.2公里的清水河仓库区危险品仓库。公安消防和武警都接到命令赶赴现场……

大家还在惊愕之中，小杨已经走向电梯间。

电梯门刚关上又开了，昌生追赶过来也要去现场，小杨直接把他推出电梯。

昌生一把按住门按钮：我也去，多一个人多一双手……

小杨：开玩笑！

昌生：我想帮忙。

小杨脸色一沉：不去就是最大的帮忙……

小杨突然跨出电梯门猛地抱了抱昌生：回家……好好照顾他们。

就在小杨转身的时候，凤娇跑过来了，眼见小杨要进入电梯，她焦急地说他们银行客户深圳市燃气公司的仓库就在那里，会爆炸吗？

小杨有一丝犹疑：这个……要到现场才知道。

凤娇：我也去！

小杨的眼神变得比刀子还锋利：凤娇，你回去！

电梯门徐徐关上。

门剩下一条缝的这刻，凤娇的身子一颤：杨定国！你要小心……

到底发生了什么？昌生像大街上的所有人，仰头看着如同纪录片广岛原子弹爆炸时那朵蘑菇云。

他跳上单车向着清水河的方向飞奔。他熟识那里，阿妈带着10多岁的凤娇和街坊逢周六就去上坪和下坪山砍柴，六七岁的他也跟着去。他们必经一条浅浅的河，河底都是大如鸡蛋小如玻珠球的石头，水很清，人人都叫它清水河。往下就成了布吉河，现在清水河段被路面覆盖成暗河了，可那地方依旧叫清水河……

一路的超市、酒家、食品加工厂被他逐个抛在后头，他还知道外地人不知道的捷径，穿过水贝转入笋岗村边的小路直入清水河区。

刚要进入小道就被武警拦住了，说前面危险不能进入。这难不倒他，扭转车头拐上红岗路，一辆辆消防车呼啸着甩离他，天上那一片灰红灰暗缓缓弥散，坠在偏北的半边天。

他不时扳动车前低沉的车铃，吓走挡道的人，武警医院就在眼前了，再往前便是蘑菇云升起的地方。

"轰"的一声巨大炸响，他连人带单车被震到路旁的乱石堆上，手被尖利的石头划破，流血了。

一股数百米高的烟柱直冲天空，烟雾裹着一个巨大的火球，一边翻滚一边膨胀。

他推着单车一拐一瘸走向武警医院门外的大道，几个警察阻止前行，握着话筒焦急万分地喊"前方危险，请大家撤离……"

清水河的水管已经没水了，一辆辆从该区域出来的消防车辆，窗子剩了一个空空的框，玻璃碎得无了踪影，车子鸣叫着往南面驰骋，赶去红岭路取水。

他站在医院门外，脑壳上压着一坨奔走的"火云"，眼前是扑腾的一群人。这一切令他觉得自己跳进了一口正在沸腾的大水锅，锅里煎熬着"哪里炸？""化学品仓？""油库？""死人了！""死了多少人？""火球到处飞""几个山头都烧着了"。疑惑、猜测和不知道该怎么办，也是一朵在内心升腾的蘑菇云。

确定的答案只有一个，这一切并非在演一场灾难大戏。

时间如此沉重，铁锤般一下接一下撞击着天和地，明明白白的危险如此肆无忌惮压满了天空，他却什么都干不了，除了无奈地仰头看着艳红的躲不开的那朵云……

一辆救护车停下了，几位武警抬着一副担架冲进急救室，担架上的人已经昏迷，血迹和泥灰混杂在一起，根本看不清他的模样……

其中一位扶着担架不停叫着：杨定国！醒醒！杨定国！

杨定国？昌生的心被击中了，同名同姓？他追过去一眼看到伤者手腕上笨大的一块老上海机械表，心倏然一沉。所有人都换了时髦轻便的电子表，小杨却不换，说好用，滴答滴答好听……

是小杨哥！

昌生跟着跑，每一步都很痛，都是跑在自己的心上……

原来第二次爆炸时，被炸飞的杨定国，埋在骤雨般落下的石块、竹竿里头，战友们把他挖出来时已经昏迷了。

他被推进抢救室。

接到电话最早赶来的是凤娇。

昌生和凤娇立在抢救室外，在大厅一台医院特意搬出的大电视机前，无数坐和站的人守候在那。

深圳和香港的电视台不间断地报道"大爆炸"实况，清水河十多座储物仓和两幢办公楼，还有几千立方米的木材和货物，连附近的几个山头都是烈焰一片。初步统计，这次爆炸死了十多人，伤了几百人，大多是第一次爆炸后，赶赴现场的公安、消防、武警官兵。

据说爆炸中心南面30米远的仓库存放了240吨双氧水（过氧化氢），300米远处有深圳市燃气公司8个大罐、41个卧罐的液化气站及刚运到的28个车皮的液化气，西面约300米处还有中国石化的一个加油站……如果爆炸持续，方圆数十平方公里将被夷为平地。

保住双氧水等于保住气罐，保住气罐等于保住深圳，指挥部决定在火区与气罐库区之间铺一条水泥隔离带，任务落在3000名武警官兵身上。

电视机的画面上，武警官兵依旧扛着几近遮挡脸面的大水泥袋，裹在口鼻的白毛巾和绿军服均成了水泥色，在火苗和液化气库之间在爆燃的火光和炸出的坑坑洼洼中，一个个活像滩涂上的泥鱼来回奔跑……

一个小时过去了，抢救仍然在进行。

六叔公和阿爸阿妈赶来了，六叔公问明白情况，一定要昌生和凤娇先行歇息，万万不能疲劳战术。

姐弟俩走出医院，一群家属自发聚集坐在门外的台阶上，他们的亲人有的受伤被送来了，有的正在火场。这里也许是最靠近亲人的地方，凤娇和昌生也默默坐下了。

等，等待，很慢很重，有好几回昌生看看家姐想说话又吞回去了。不远的大火还在烧，穿梭来往的消防车，收音机放着"请别用水，把水留给清水河爆炸现场救火"的广播。香港直升机在暗红的夜空盘旋，有人说投下了水弹……

这个深圳的不眠之夜告诉昌生，在旋转餐厅俯瞰的一切也有可能惊人地毁于一旦。

昌生从没这样感到本无重量的分秒如此逼近和沉重，承受时间重量的身体却从未有的空虚……

当他帮助抬起小杨哥，碰到了裸露的灰白湿冷、几近压成饼状的小腿。横卧一拦的瞬间，他惊得差点跳起重得抬不起来的腿。完了，不是身体走不动，是瞬间如千斤顶压落，就像小时候看不见的电一样，瞬间电击了他。

他看着家姐，凤娇也发现昌生的异常，问他出了什么事，他张开嘴要说词语却溜去无踪，平日极其冷静的大男孩极其慌乱地想重拾思考——

易燃、易爆、剧毒化学危险品仓库，牲畜和食物仓库以及液化石油气储罐等设施，为什么集中设置在居民区和闹市？

死亡遥远吗？

6个小时后，医生才走出来问谁是家属。

昌生和凤娇、六叔公、阿爸、阿妈都迎上去。

医生说伤者伤势严重，左腿粉碎性骨折，右腿肌肉严重挫伤，肝脾破裂，挤压伤极有可能导致肾衰竭或多器官功能衰竭，而肌肉已坏死的肢体，一旦出现肌红蛋白尿或其他早期肾衰竭征象，就必须果断截肢。总之随时都有生命危险，治疗也是长期的，很可能终身瘫痪，必须做好心理准备。

凤娇不顾一切的眼泪一坨一坨往下掉。

还没苏醒的小杨被推出来了，心电监护仪24小时持续不间断监测心搏的频率、节律与体温、呼吸、血压、脉搏、血氧饱和度等。

昌生看着除了闭着的眼睛外，身上不是裹着石膏就是插着管子的小杨，处处是伤，几乎没有一处可以触碰……他和凤娇约定小杨一旦苏醒，都装出轻松的模样，一定不能落泪。

听说要让昏迷的人醒过来就要不停说话，凤娇握着那戴了指套拖着连接线的手，俯在小杨的耳畔不停地说，那年小杨父母刚调到大西北没安顿好，把他送到六叔公这里，插入凤娇的三年（1）班。不会讲也听不懂客家话和白话，同学都笑他"孬兄仔"（北方人）。放学搞卫生，有个同学拿扫帚打他！凤娇抢过扫帚说不准打"我们家的人"……还有上山砍柴割草，对了就是这清水河附近的山，小杨和凤娇第一次跟阿妈去，遇到北门坊的街坊问这是谁，想也不想就说"我们家的人"。就这样小杨在叉仔巷住了一年，读了一年书才回北方父母的身边……

日子多久了，连凤娇都不明白早就忘记的事情怎么都从脑子里跑出来了。

凤娇喃喃自语：我们家的人……

被凤娇握着的手颤动了一下。

凤娇疑惑了，醒了？也许他听到了，想用尽力气回应，还想说些什么。可闭着的眼还是闭着，灰白的脸还是灰白，她摇摇头突然很恨自己，这些年白白走掉了，而且……

她包裹着那只异常冷凉的手，试图温暖它：好冷？这些年怪我，太笨太不好，咬着牙就想自己好一点，才配做一家人。好，你一定要好。医生说了，你的伤很快会好起来。你好了，我们一家人去西北看你的阿爸、阿妈，你一定会好的……

小杨并没有回应。

医生说这是非常关键的时刻，昌生和凤娇都守在床边轮流和小杨说话，十多个小时过去了，小杨依旧没有醒过来。

双人病房里有一部很小的电视机，屏幕不停播放灭火的壮烈镜头——新闻报道反复播放现场的镜头，几千名难以认清脸面的官兵扛着水泥冲进烈焰，浓烟里用牙咬开水泥袋口，水泥撒向火，水龙对准火。这些血肉之躯唯一的防火防毒面具仅一裹住脸面的小毛巾。经过一夜鏖战的救火者一排排躺在路边酣睡，裤腿仍挽至膝盖并有斑斑血迹。有的光脚丫，有的脚已受伤裹着纱布，更多的是穿着表面凝固着水泥极厚重的鞋。

烧了15小时的倾城之火终于扑灭了，新闻镜头正在回放第二次爆炸的镜头，有一个在硝烟弥漫中挥动手臂呐喊"撤！"的模糊身影，一阵摇晃和一声巨响，这个镜头戛然中止……

昌生和凤娇互相看了一眼，那个模糊的身影不陌生。

就这时候，小杨突然睁开了眼睛：撤……快撤……

凤娇：醒了！醒了……

小杨还在迷糊：我在哪里？

凤娇：你受伤了，这是医院……

小杨努力要撑起腰身，他想起了，不远处跳起了一个黑色的火球：马上就要爆炸！撤！快撤！

凤娇：大火控制了！安全了！

小杨努力回想，因为疼痛皱起了眉头：我的伤……

凤娇：很快会好的……

小杨顿了顿，声音轻但很清晰：我知道……

凤娇用力摇头：会好的！

小杨：骗我……

凤娇躲开小杨的目光，咬着唇说不出话。

昌生犹疑着走过来，突然强迫自己看着插满管子的小杨，不再掩饰也掩饰不来自己的泪：小杨哥，医生说很严重，可也说除了治疗，更关键的是伤者的求生意愿。家姐和我，阿爸阿妈，六叔公还有熙熙，我们一家人……

小杨笑了：你哭，丑！

凤娇咬着唇努力露出笑，一坨一坨的泪落在小杨的耳郭脸颊，急了就用袖子拳头乱抹……

小杨：丑……

凤娇不哭了：你一定要好起来……

小杨：客家话怎么说？

昌生抢着说：天跌落来当棉被盖！

小杨学着重复了一遍。

医生过来了，说不错，很好，但是还没有度过危险期。

2小时后，心电监护仪的几根波浪线走着走着，不知道为什么血压急转直下，小杨浑身冒冷汗昏厥过去，再次被推进抢救室。昌生第二次推动小杨，已经有所准备地挪动自己，脚步不再摇晃，从走一年都走不出一步的恐慌中出来了。

那扇手术室的门轻轻关闭了，半小时后又打开了，抢救过来了，但要留在里面继续观察，家属不能进入。

无序无逻辑的一堆奇怪符号，钻进昌生的脑袋——

时间在哪里？

城市发展速度过快的负面作用。

空间在哪里？

挤得无法插脚却空落落的无所依靠。

荒谬如何缠上自己？

一条条命。

……

凤娇递给他一瓶矿泉水，他喝了几口，果断地泼到额门上。

第二天凌晨五点多，小杨等几名危重伤员转到设备更完善的医院。

七叔公从省城，小杨的父母也从大西北赶过来了。

七叔公一脸愧疚默默无言。

昌生和七叔公独处时，他和昌生说1982年自己曾经参与清水河油气库规划选址，他觉得合理，不想仅仅10年就成了密集居民区，后来的危险品仓库是违规的。又是一条一条的命。

昌生：有控制城市过度发展的机制吗？

七叔公点头，并用力拍昌生的肩膀：好问题！

小杨依旧昏迷不醒，医生说不乐观，极有可能成为永远的植物人。

阿妈拐弯抹角：对他好是好，医生讲……一世都瞓床。唉，凤娇，人人都要为自己打算……

凤娇轻轻摇头，不答话。

昌生：这不等于死了？

凤娇生气极了，眼珠子几乎跳了出来：你！医生讲，天天和他讲话，可以叫醒他的！你信吗？

昌生点头。

于是，凤娇每天下班后都到医院，擦洗和按摩小杨的身体，并说无数遍说过的话。

暑假结束，昌生回到学校后除了听课就一头钻进图书馆。

有天，传达室喊他去接电话，是凤娇的电话，她又哭又笑，却一句话都说不出来。昌生知道了，昏迷了49天的小杨哥苏醒了。

昌生不动情感地说：相互作用力，只要一个物体对另一个物体施加了力，受力物体反过来也肯定会给施力物体施加一个力。

凤娇：鬼话，我听不懂！

昌生：嫁给他，懂了吗？

凤娇：我……他说他的脚！

小杨恢复得很好，并没有截肢，医生说是奇迹。

大半年后，小杨和凤娇在新安酒家设婚宴，叉仔巷的街坊都去了。阿爸喝酒了，话多了，说自己结婚的时候就是买了三斤糖仔两斤饼，阿黄结婚也一样。

阿妈说阿爸除了喝酒有点话，平常就是"暮鼓槌"，小杨千万不要像他。凤娇笑了，说小杨也是个"暮鼓槌"。

如此喜庆的日子，昌生找了个空当去他们的新家。

昌生没怎么看那些新摆设，问了许多小杨哥大爆炸现场的种种细节。

凤娇说昌生从小就是这个毛病，一粒米放在他的手上，他都会问这粒米从哪里来的，怎么来的。

小杨笑了，说"8·5"大爆炸不是一粒米。

昌生没有笑：一条一条的命。

……

五、老城

　　1996年春天，高160米的53层国贸大厦不再是深圳第一高楼，高384米69层的地王大厦完工了。

　　叉仔巷的街坊都见过蔡屋围市政府对面小山坡的烈士纪念碑，谁想到十多年后这里耸起如此摩天大楼。

　　叉仔爸妈和六叔公特意去转了一圈，上了一层又一层。叉仔妈小心得好像走钢丝一样，差不多两小时才下来。问她看了什么，她摇头，不敢看玻璃幕墙外面，心慌脚软！里面的购物中心什么都有，可眼花缭乱看也看不清楚，什么都没有买。

　　夏天，老城也拆建了，就像早年建造华城的初期，那些一间连一间的店铺在限定的时间里搬得空空荡荡，接着许多很有力气的建筑工抡起大铁锤或者大钢钎，把它们拆得只剩下横七竖八的几堆砖土，再就是推土机进场。往日老城那幢最高最坚固的炮楼也拆得只剩一个空壳，有点儿歪斜地孤立在一片残墙败瓦之中。

　　叉仔巷的老住户相继搬走，推土机三下五除二，叉仔巷和最后的炮楼壳一起倒下了。

　　老城改造的日子里，已经退休的叉仔爸常常背着手慢慢地在瓦砾之间走来走去，也不知道他在看什么找什么。

改造后的城依原来十字街的骨架复原旧貌，但叉仔巷等老巷子彻底没了。

叉仔巷的人家被安置在老城附近的20层高的新大厦。

叉仔爸家住18楼A，大厅有扇大窗子能够看到新十字街。搬家那天，昌生养大的猫，那只同样在叉仔巷出生长大的猫（叫虎仔），明明带上车了，最后却找不到了。大家推测它半途逃跑了，不肯离开叉仔巷。它也老了，按照猫的年龄是生命结束的时候了。

六叔公住18楼D，和叉仔家对面。刚搬进新楼时，他每天独自到新安酒家饮茶。有天他喝着茶突然晕倒了，住了半个月医院，说是小中风，出院后还乐呵呵地说中风后能够说话很高兴。他吐出的每一个字都比别人用力，还连带了些许讨厌的粘连。最大的问题是耳朵开始有点聋，有熟人提起凉茶铺有了，他拢起五根指头用力摆动，答非所问：下个星期，我按时检查，冇问题……

六叔公努力让大家觉得他自己一个人可以，他的病已经好了，不要担心他，慢慢走就行了。耳朵有点聋，装个助听器也解决了问题。

这以后，叉仔爸妈和六叔公又一起去饮茶了。

这年在读硕士的昌生回深圳过寒假，特意去看六叔公。

昌生第一次感到他有点老了，脑子没有过去好用了。

六叔公很高兴，他摆动自认为有力的手，证明自己可以，中过风又怎么样。他和往日住叉仔巷时没有两样，每天依旧起得很早，第一件事，烧一壶开水，水开了，泡一壶茶，只是走路慢一点点。

六叔公仿照早年在凉茶铺天台，挺起腰身做了个扩胸的动作，手臂挥动了一圈，还突然出拳；呵呵笑罢说过两天和昌生一起去梧桐山找灵芝，不去骨头就硬了，人不能白吃饭。

第二年是1997年，香港回归前的半个月，满深圳都飘着彩旗，叉仔爸妈都说准备到路边送驻港部队过香港……

最高兴的人还是七叔公。

他们东江纵队老战士集中开会庆祝香港回归。七叔公打早赶到会场，他和那些东纵的老战友难得一见，七叔公要握的手太多了，这只手还没握上那只手就伸过来了，手都麻麻的有点累。他们还用力抱在一起，动作好像摔跤那样猛烈；还说些常人忌讳的话，什么"你还没有去见马克思？""我等你嘛"。那份肆无忌惮的高兴，没经历过生死的人无法理解。

会议开始，大家坐下了。

唱国歌的时候，他还站起，老战友看到他晃了晃。他坐下的时候笑了，香港回归不是做梦。

会议正在进行，战友发现七叔公的脑袋垂下了，累了睡了？在做好梦？不吵他，会议快完了，看看不像睡觉，拍拍他，身子一摇晃塌下了。救护车送到医院，人已经走了，梦想成真就走了。

他和他的许多战友都签订了捐献遗体和眼角膜的协议，他的遗书中有某段话："我们都老弱了，心有余而力不足。老了就该走了，但还有一个等着大烟囱火烧的遗体，能够做一些好事，做一些贡献。"

1999年夏天，正在读博士的昌生跟着导师来深圳参加某国际城市建筑论坛。

傍晚，他和当年叉仔巷的伙伴约好了聚会。

没有想到在酒店的大堂遇到了一个穿戴特别文艺的人，全套褐色香云纱，精致的大布扣子一直锁到喉结处，一朵一朵铜钱图案在飘逸中隐现。

戴着墨镜的他走到昌生的面前：还认识吗?

昌生疑惑地看着他滚动的喉结。

那人摘下了墨镜。

昌生微笑：诗人一丁。

他们在大堂的沙发上聊了大约10分钟，全程由一丁自述。

从1992年买抽签表开始至今1999年，7年了，他总投入将近50万，买了炒股软件，天天看k线图，当自己的股票账上面值高达几百万的时候，一咬牙把房子卖了，全都投进去"博"了个满仓。本来就为了挣点钱出版诗集，结果又想多挣点买部车，然后又决定来深圳买大房子。

他告诉昌生这股票是鸦片，沾上了就戒不掉，他几百万的账上只剩30万了。

昌生问：还炒吗？

一丁：我不炒还能干什么？我一早起来总得有个去处？天天到大户室，空调舒服还提供一顿午饭。

昌生：诗呢？

一丁：不写了，永远回不去了。

他走了几步想起什么赶紧回头，从黑皮包里掏出一个拳头大的东西和卡片，放在昌生的脖子上，一按钮就颤动了，这颤动游走在昌生的颈脖和肩膀上，一丁问舒服吧？

昌生点头。

一丁说他准备代理便携式按摩器，这是送给昌生的，做个广告，好用就推荐给别人，卡片上有销售电话，之后就道了别。

叉仔巷的伙伴们选择在深圳水库里面的酒家相聚，原因很简单，不约而同想去看看水库。

豆豉吴大源和胶己人林洁萍已经成了一对。

吴大源从公安大学一毕业就加入了深圳特警队，林洁萍是一名中医医生。原来他们在深中读高中的时候就好上了，说是在一次学校组织的活动中，豆豉晕车，胶己人有家传的秘方，治好了豆豉的毛病。也是神了，自此豆豉就开始拔高，一路蹿上一米七八……他们的故事就从17岁那年开始了。

　　大番薯黄金海一上广东星海音乐学院作曲系就改名黄琛，毕业后先在深圳的音像公司工作，后辞职自己专心作曲。最不理解他的是阿黄嫂，她看不懂那个乐谱，却偏偏喜欢看，看不懂还问叉仔妈这些"乌蝇由甲上楼梯"到底是乜嘢。叉仔妈也不懂就安慰阿黄嫂"总之唱歌跳舞女仔多过男仔，大番薯高大靓仔，冇怕冇老婆"，这话说到阿黄嫂的心里去了。真有个白白净净的女仔不时来家里，还常常和大番薯煲电话粥。

　　大番薯在饭桌上绘声绘色地学着阿黄嫂和叉仔妈的神态，把大家带回了叉仔巷白兰树下的时代。

　　大炮李小军呢？留下的联系电话已经无法接通。

　　豆豉和大番薯都提到了王大明，他们在弘法寺看到了他，出家了。

　　昌生也听风娇说了，1992年的股票风波后王大明就开始炒股。他太精明了，总能在高点出手，还及时在大跌的时候抽身。他还投资移民去了某个国家成了外籍华人，在别国待了半年"移民监"，就回深圳继续做贸易、做金融。他没有再婚，Merry跟着他，跟在他身边的女人越来越多，每个女人都安排在他的贸易公司。每个女人各有一巢，有多少巢只有他自己心中有数，但确凿有孩子的为4名。

　　有一回，他在停车场取车，突然有人在阴暗中喊"王大明"，他一听就跑，没跑几步就被撂倒了。被发现的时候，他身中5刀浑身是血，最要害的一刀离睾丸仅一厘米。出手如此狠，谁？为什么？王大明不但不报警，还绝口不说。

最后给他当头一击的是Merry，他们之间发生了什么都只能猜测。Merry这天给王大明打电话，要他无论如何也要去她的别墅，王大明甩了电话。

结果，再见Merry时已经是一具尸体，邻居看到她在三楼的天台哇哇地叫和唱，但舌头打结，含含糊糊听不清说什么，接着就是一跳。警察在卧室里发现了他们比熙熙小两岁的儿子，也死了。经过法医验尸鉴定，Merry有吸毒史，当天吸毒后用布带勒死孩子后又跳楼自杀。

两个月后，王大明剃度出家，法名：悟觉，字号：无忧。

……

饭后，有人提议去走走，像少年时那样沿着长廊一直往前走。有一年学校组织春游，他们几个曾经比赛谁最早走到红楼塑像前。

月光下，路和人都一片银亮，他们边走边聊，聊的都是生活中的琐屑事情。

说着说着说到了凤娇夫妻，他们很想要个女儿，也真的添了个女儿。他们两人工作都忙，说产假结束就请个保姆，叉仔妈坚决反对，让他们搬回家里住。叉仔和凤娇都是她带大的，自己退休了，闲着也是闲着，正好帮忙带妹妹。熙熙当哥哥了，欢喜得不得了，每天一放下书包就和妹妹玩，还摆起一副老师的样子，学校老师教什么他就教妹妹什么。

熙熙上小学了，有一天妹妹哭闹，吵得熙熙做不了功课。六叔公一手牵着熙熙，一手提着他的小书包，到了对面自己的家。熙熙做作业累了，睡着了，六叔公就把他抱上床，从此，六叔公的家里就有了熙熙的房间，就好像当年叉仔一样。

……

他们又来到水库红楼，楼门关闭，看不见里面的毛泽东塑像，楼前凉亭里的周恩来塑像静静如旧，落下的月光如瀑布流泻在庭前坡地。他们毫无约束地躺下了，忘记是哪一年，尝试郊野冒险一路夜骑至此，也这样仰头望着皎洁的月亮。当年叽叽喳喳如今却沉默了，几乎忘记了的静谧一下子回来了，似乎也什么都不想说了。

人非少年不再懵懂，知道自己躺在地球上，知道天上月亮没有嫦娥还围着地球转，知道地球自转并绕着太阳转动。

昨天或今天的种种纠结，灾难或残酷，往前或退却，失去或得到，人生轨道不尽相同，人在希望在，不断行进和调整方向，没有什么可以阻挡长大。

昌生笑了：还有老去。

2019年3月1日第一稿

2019年7月27日第二稿

于麻陂石泉

内容简介

《叉仔——与深圳一起成长》

本书是一部讲述深圳一个普通孩子叉仔亲历深圳成立经济特区后20年间发展变迁的长篇小说。故事从1979年秋天的最强台风写起，至老城拆建、叉仔长大后的1999年结束。全书以微视角切入，小至深圳人的市井家事，大至深圳改革史上的大事件，作者用平实生动的笔触娓娓道来。全书既直面社会现实，又在细微深处见真情见精神，生动再现了深圳从小城蜕变为国际大都市的过程，思想性、可读性强。同时，作品语言流畅，且本土俗语贯穿全书，自然而鲜活，有浓烈的深圳味道。

《细妹——与深圳一起成长》

这是一部以21世纪初深圳跃升为国际大都市为背景的长篇小说。小说以20世纪90年代中期出生的深二代细妹（芊羽）的成长为主线。细妹身处互联网、"非典"、金融危机及新冠肺炎等现实挑战及矛盾中，面临冲击和裂变的两难处境，在家庭和社会的困惑、忧虑等残酷生存磨难中思考、行动并成长。全书立足宏阔的时代背景，用以小见大的手法反映了一线城市改革开放的整个历史进程，集文学性、思想性、可读性于一体。